SURVIVAL IST ALLES !

Wenn aus Urlaub pures Überleben wird

SPIRITUELLER SURVIVAL ROMAN

von Johannes Allgäuer

Impressum:

Herstellung und Verlag:

BoD - Books on Demand, Norderstedt

ISBN: 9783734761195

1.Auflage 2015

Inhaltsverzeichnis:

„Alter Schwede", sagte Jonas Terwald zu seinem Freund Rüdiger Paulsen, genannt „Rüdi".

„Nee, Norwegen, nicht Schweden, da woll'n wir doch hin."

Schlagfertig war er ja, das musste man ihm lassen.

Die beiden Freunde standen vor einem Supermarkt in Kempten im schönen Allgäu, um noch letzte Vorräte einzukaufen.

„Wo Jenny und Paul nur bleiben," meinte Jonas und kratzte sich am Kopf.

„Bleib ruhig, Jonas, die kommen schon. Entweder mit einem Taxi oder sie lassen sich etwas einfallen."

15 Minuten mussten sie noch warten, dann kamen die Freunde tatsächlich mit einem Taxi angefahren.

Die bildschöne Jennifer Karlin hätte auch gut bei der Wahl zur Miss Germany mitmachen können.

Kleidergröße 36 bei einer Größe von 1,74 cm und dann diese blonde Löwenmähne…

Da drehten sich viele Männer nach ihr um.

Paul Herfeldt, der vierte im Bunde war da total anders.

Als Chemiestudent im 6. Semester war der 23 jährige junge Mann nicht nur das Nesthäkchen der Gruppe, sondern auch der Schüchternste.

Sie begrüßten sich freundschaftlich mit ein paar Umarmungen und dann meinte Jonas:

„Lasst uns eben noch kurz das Nötigste einkaufen, bevor wir aufbrechen. „VT" wartet bestimmt schon ungeduldig.

Sie nickten und machten sich auf, einiges einzukaufen.

Schwer beladen verließen sie den Supermarkt nach etwa 30 Minuten und gingen zu Jonas` Wohnmobil.

Das gute Stück war sein ganzer Stolz!

Jonas war ein totaler Survival Freak und hatte sich dieses Wohnmobil dementsprechend eingerichtet. Geld hatte er eigentlich nur selten, doch half ihm seine positive Lebenseinstellung immer wieder, genau zum richtigen Zeitpunkt das zu bekommen, was er brauchte.

Einmal hatte er einen Impuls bei einem Ratespiel eines Radiosenders anzurufen und tatsächlich kam er durch, löste die Preisfrage und gewann 25.000 Euro.

So finanzierte er dann sein Wohnmobil. Da Jonas eigentlich immer unterwegs war und hier und dort Vorträge hielt, Dia Shows von seinen Abenteuern zeigte und dadurch keinen festen Wohnsitz hatte, war sein Leben ein einziges Spiel für ihn.

Glücklicherweise machten da seine Eltern mit und er konnte bei ihnen angemeldet sein.

Trotz seiner 183 cm Körpergröße wog er nur 60 kg und wenn man ihn in der Badehose sah, hatte man oft Mitleid mit ihm und regelmäßig wurde ihm angeboten, doch eine Mahlzeit mitzuessen, damit er nicht verhungere.

Er schmunzelte dann und lehnte meistens freundlich aber direkt ab.

Jennifer Karlin, die alle nur „Jenny" nannten, war mit Leib und Seele Triathletin. Sie hatte sich für diesen Winter zum Ziel gesetzt, einen Survival Urlaub mit ihren Freunden machen zu können und darauf wartete sie schon ganz gespannt.

Der blonden, langbeinigen Schönheit sah man ihre 28 Jahre nicht an und sie genoss es, wenn sie in Begleitung ihrer Freunde war. Da war sie sicher vor lästigen Anmachen dreister Männer.

In ihrer Freundesclique baggerte sie niemand an. Man akzeptierte ihr Single Dasein.

Begonnen hatte alles mit einer Wette:

Jonas wettete mit Paul, dass er es schaffen würde, ein Wikingerschiff, im Originalmaßstab, so detailgetreu zu bauen, dass es von Fachleuten anerkannt werden würde, als Original Reproduktion im Miniformat.

Paul hielt dagegen, dass er eine Survival Tour ins Land der Wikinger mitmachen würde, wenn er verlöre.

Und so kam es, dass die vier Freunde sich heute hier in Kempten trafen, um ihren Urlaub anzutreten, der aus einer Wettlaune heraus entstand.

Sicherlich hätte Jonas sein Ziel, dass Miniatur Wikingerboot zu bauen nicht erreicht, hätte er nicht tatkräftige Schützenhilfe von Frank gehabt.

Frank Albert war zwar ein notorischer Skeptiker wie er im Buche stand, wenn es um Esoterik oder grenzwissenschaftliche Themen ging, aber er war ein begnadeter Schrauber und Tüftler und in seinem Beruf als Handwerker ging er total auf. Nebenbei bastelte er an Solaranlagen herum und Jonas hatte schon eine für sein Wohnmobil bei ihm beauftragt und kurz vor Beginn der Reise auch bekommen.

Da Jenny von einem letzten Triathlon Training kam, hatte es sich Paul nicht nehmen lassen, sie mit dem Taxi zuhause abzuholen, da beide nur 15 km entfernt wohnten. So konnten ihre Autos daheim bleiben.

„Jetzt müssen wir nur noch Frank und „VT" in Memmingen abholen und dann geht's Richtung Norddeutschland," schmunzelte Jonas und rieb sich vergnügt die Hände.

Der Grund, warum sich alle vor diesem Supermarkt in Kempten getroffen hatten, war der Aberglaube von Jonas.

Er wollte nur spezielle Lebensmittel kaufen und nur in seinem Lieblingsladen.

Die anderen willigten ein, schließlich war er der Erfahrenste unter ihnen was SURVIVAL betraf.

Als alle saßen und sich angeschnallt hatten, ging die Fahrt los.

30 Minuten später war der Bahnhof von Memmingen erreicht. Davor auf einem gebührenpflichtigen Parkplatz warteten schon „VT" und Frank.

„Gut, dass ihr kommt, hömma, mir sind schon die Beine kalt, woll?" sagte „VT" mit seinem unüberhörbaren Ruhrpottslang.

Frank hingegen grinste die schöne Jenny an und grinste über das ganze Gesicht.

„Hier wird nicht geflirtet, Alter!"

Jonas ermahnte ihn lachend.

„Is´scho recht," meinte Frank mit gespieltem bayrischen Akzent.

Lachend fuhren die sechs Freunde los.

Jonas machte das Radio an.

Es lief „Born to be wild" von Steppenwolf.

Jonas trommelte auf dem Lenkrad herum und begann mitzugrölen.

„Geht dat auch leiser, hömma," beschwerte sich „VT".

Jonas grinste und begann noch lauter zu grölen.

„VT" machte ein Vogel Zeichen an der Stirn und schmunzelte.

„Dat kann ja heiter werden, hömma," sagte er zu Jenny, die neben ihm saß und freundlich aus dem Fenster sah.

Die nächsten vier Stunden verliefen ohne Zwischenfälle.

Man einigte sich, nur bei dringenden Klobesuchen anzuhalten und natürlich, wenn getankt werden musste.

Gegen 23 Uhr erreichten sie Puttgarden und machten einen Stopp.

Rüdi war jetzt 4 Stunden gefahren und „VT" der geschlafen hatte, ging zum Fahrersitz.

„Noch schnell volltanken sowie den Reservekanister füllen und dann weiter durch Dänemark," meinte Jenny lächelnd.

Jonas war zwischenzeitlich auch eingeschlafen, aber dieser Stopp hatte ihn wieder wach gemacht.

„Weckt mich, wenn es Probleme gibt," sagte er gähnend und kuschelte sich in seine Wolldecke.

Sie hatten sich entschlossen, dass jeder im Sitzen schlief, so konnten sie abwechselnd fahren ohne zu übermüden.

Sie erreichten bald die Fähre der so genannten Vogelflluglinie. Sie ist die meistbenutzte Fährüberfahrt Richtung Norden. Dort gehen Tag und Nacht etwa alle 30-40 Minuten Fähren ab und brauchen etwa 45 Minuten über den Femer-Bælt.

Für die Durchfahrt durch Dänemark benötigten sie dann knapp drei Stunden und danach erreichten sie Helsingør, von wo aus sie eine weitere Fähre nahmen, die sie in 20 Minuten die Meerenge zwischen Dänemark und Schweden überqueren ließ. Den schönen Blick auf Schloss Kronborg konnten sie leider nicht genießen, da es zu dunkel war.

So fuhren sie weiter bis zur Nordspitze Dänemarks und setzten dann von Fredrikshavn nach Oslo über.

In den nächsten zwei Tagen ging es dann über Lillehammer, das durch den Wintersport sehr bekannt ist, Trondheim, Steinkjer bis nach Bodø, von wo aus die Fähre zu den Lofoten übersetzte, ihrem Reiseziel.

„Bodø ist die Hauptstadt der Provinz Nordland im Norden Norwegens," sagte Jenny und freute sich, dass sie auch einmal etwas Geografisches wusste.

„Ach ne," antwortete Frank etwas verschlafen.

Bisher war ihre Fahrt gut verlaufen und sie hatten auch alles gut gemeistert.

Das Wetter hatte sich noch gehalten. Für Mitte November war es noch relativ mild gewesen so weit oben im Norden.

Nur der Wind hatte sich in den letzten Stunden verschärft.

„Hoffentlich fährt die Fähre auch," sinnierte Frank vor sich hin.

„Klaro, Alter," meinte Jonas, der ewige Optimist, lächelnd.

„Jetzt sind wir soweit gekommen, da schaffen wir den Rest auch noch, wäre doch gelacht!"

Rüdi war ausgestiegen und hatte nachgeschaut.

„In zwei Stunden geht die tägliche Fähre rüber nach Røst. Passt doch alles. Wir sollten was essen."

Die Freunde nickten und es wurde eine zünftige Brotzeit abgehalten.

Die knapp fünfstündige Überfahrt mit der Fähre gelang gut und nachdem sie angelegt hatten, fuhren sie dann mit ihrem Wohnmobil von der Fähre herunter.

Jonas holte sein Notfallhandy aus der Tasche und telefonierte.

Augenblicke später hatte er seinen Bekannten an der Strippe.

Es war Magnus Magnusson, ein ehemaliger Fischer, der auch noch vorzüglich Deutsch sprach.

Jonas gestikulierte mit seiner linken Hand, während er mit der anderen telefonierte.

Eine Minute später schaltete er sein Handy wieder ab und grinste breit.

„Alles paletti! Magnus holt uns in etwa 30 Minuten ab. Wir fahren dann hinter ihm her bis zum gemieteten Blockhaus."

Die Idee, ein Blockhaus zu mieten, war von Jenny gekommen. Ihr Onkel, ein alter Seebär, der in Hamburg wohnte, kannte Magnus von früher und empfahl ihn der Gruppe.

Sie hatten sogleich per email mit ihm Kontakt aufgenommen und so einigte man sich darauf, Magnus´ Blockhaus für vier Wochen zu mieten.

Es lag so einsam, dass es schon einmal vorkam, im Winter einige Tage von der Außenwelt abgeschnitten zu sein, wenn die Schneestürme heftig über das Land fegten.

Es gab eine recht freundliche Begrüßung, als Magnus erschien.

Er war etwa 60 Jahre alt und hatte ein wettergegerbtes Gesicht. Seine blauen Augen funkelten dabei sehr spitzbübig und Jenny musste sofort an Terence Hill denken, als sie ihn sah.

Er hatte so etwas Jugendliches an sich, trotz seines reiferen Alters.

Eine Stunde fuhren sie hinter Magnus her, bis sie ihr Ziel erreichten.

Wow! Das Blockhaus war wunderschön!

Neben dem Haus war ein kleiner See.

„Da könnt ihr angeln, wenn ihr wollt," sagte Magnus und deutete Richtung See.

Sein Akzent erinnerte Jenny an irgendjemanden, aber der Name fiel ihr nicht ein.

„Wenn etwas ist, ruft an," sagte Magnus zum Schluss, nachdem er den Freunden alles gezeigt hatte.

Dann setzte er sich in seinen Allrad Jeep und fuhr los.

„Netter Kerl," meinte Jenny lächelnd.

„Schmink dir den ab, dat is nich´ deine Kragenweite, hömma."

„VT" hatte dies mit einem süffisanten Unterton gesagt, doch Jenny schaute etwas entrüstet.

„Hey, der ist doch viel zu alt für mich, also bitte!"

„Wer weiß... Vattakomplex oder so, kommt bei Frauen öfter mal vor, hömma," stichelte er weiter.

Jenny sprang auf und wollte ihn in den Allerwertesten treten, doch „VT" war schnell genug aufgesprungen.

Er lief ein paar Meter und blieb dann stehen.

„Dat darf doch allet nich´ wahr sein, hömma, hier also auch," sprach er und zeigte zum Himmel.

„VT", mit bürgerlichem Namen Volker Thomsen, war ein so genannter Verschwörungstheoretiker und da es mit seinem Namen die gleichen Initialen hatte, nannte ihn alle Welt nur „VT". Auf Volker hörte er kaum noch.

„Der ganze Himmel wird hier mit Chemtrails zugemüllt, hömma und ich hab meinen Chembuster nicht dabei, so´ ne Driete."

Weiter kam er nicht, denn Jonas zog triumphierend einen mobilen Chembuster hervor und reichte ihn „VT".

Der grinste über beide Ohren und nahm das gute Stück in Empfang.

Er richtete es so aus, dass die Spitze Richtung Chemtrailbahnen zeigte.

„Was machst du da eigentlich?" fragte Frank.

„Ist er etwa noch nicht „aufgeklärt"?" fragte Jenny.

Jonas schüttelte den Kopf.

„OK, ich erbarme mich," meinte Rüdi und nahm sich Frank zur Seite.

„Also, du Skeptiker: dann sperr mal deine Lauscher weit auf: Das Wort Chemtrail bedeutet sowas wie „Chemiebahnen", das kommt daher, dass bestimmte Flugzeuge alle möglichen Chemikalien hinten raus lassen."

Frank unterbrach ihn abrupt.

„Das glaubst du ja wohl selber nicht. Die versprühen doch keine Chemikalien, davon wird man doch krank."

Dabei schüttelte er den Kopf.

„Genau das ist es! Es sollen Aluminium und Barium und Grippeviren dabei sein. Von Aluminium wird man angeblich verwirrt im Kopf und es soll Demenz, also Alzheimer fördern und Barium verursacht diese Blitze am Himmel ohne Donner, die man oft sieht, da es sich leicht entzündet. Da kannste dich ja von Paul unserem Chemie-Genie aufklären lassen."

„Und was soll das? Warum sollten „DIE" das machen?" fragte er skeptisch.

„Wen meinst du mit „DIE"?"

„Na deine dunklen Wesen, die alles angeblich unterwandern und dergleichen…"

„Ja, „DIE" wie du sie nennst, gibt es. Sie sind real! Die Politiker sind nur ihre Marionetten, wenn du mich fragst."

Frank schüttelte den Kopf.

„Und ich dachte, „VT" ist der einzige Verschwörungsfreak hier. Sind denn alle guten Geister aus dir gewichen?"

„Warte es nur ab, Frankieboy. Du wirst auch noch kapieren, was da abläuft."

Dann wollte Rüdi gehen.

„Halt, ich bin noch nicht fertig! Was war das für ein Gerät, was „VT" da bekommen hat."

„Richtig, das hätte ich ja fast vergessen. Das ist ein Chembuster. Eine Weiterentwicklung nach Wilhelm Reich´s Cloudbuster."

„Hä?" machte Frank und schaute dumm aus der Wäsche.

Rüdi musste unwillkürlich lachen.

„Also in Kurzform: Das ist ein Gerät, dass diese Chemtrails mit Hilfe der Sylphen umwandelt."

„Wer oder was sind Sylphen?" fragte er.

„Luftengel," antwortete Rüdi sachlich.

„Luftengel?"

Frank schüttelte wieder den Kopf.

„Ein andermal, ok?" Rüdi stand auf zum Gehen.

„Ok, aber nicht vergessen, ich will es wissen."

Rüdi nickte und ging zu den anderen.

„Das wird ne schwere Geburt," meinte Jenny, die alles mit angehört hatte.

„Woher kennst du dich denn so gut aus?" fragte sie Rüdi plötzlich.

„Internet, mein Gutster. Ich lese auch in diversen Foren und dergleichen, verstehste?"

Er konnte es nicht leiden, wenn sie sächsische und berlinerische Akzente in ihre Sprache integrierte.

Rüdi nickte und ging.

Wenn der wüsste, auf welchen Seiten ich schon rumgesurft bin, dachte sie. Da gab es die wildesten Verschwörungstheorien. Erst hatte sie immer herzhaft gelacht, aber als nach „911" immer mehr Verschwörungstheorien Wahrheit wurden, lachte sie nicht mehr.

Dank ihres täglichen Triathlon-Trainings hatte sie einen Ausgleich zu stundenlangem Sitzen vor dem Laptop.

Jenny schaute zum Himmel und staunte.

Zum ersten Mal sah sie, wie das Wahrheit wurde, was im Internet stand.

Der Chemtrail wurde vom Flugzeug abgeschnitten und löste sich nach und nach auf.

„VT" rief laut „YEAH!" und riss einen Arm in die Höhe.

Die anderen wurden von seinem Schrei angelockt und gesellten sich zu ihm.

„Hömma, hammerhart dat Teil. Wo haste dat denn her, hömma?" fragte „VT".

Jonas grinste.

„Selbstgebaut, Alter! Ich hab da Tipps von unserem Heiler und super feinfühligen Rüdi bekommen. Wir haben davon jede Menge gebaut."

„Sind die schwer zu bauen?" erkundigte sich jetzt Jenny.

„I wo! Das ist kinderleicht. Soll ich es kurz erläutern?"

Es wurde in der Runde bejaht.

„Also," begann Jonas.

„Eigentlich ist das Rüdi´s Aufgabe... Willst du Rüdi?"

„Nee, mach mal, du kannst das auch super erklären. Sollte was fehlen, kann ich es ja noch ergänzen."

Jonas nickte und begann zu erzählen:

„Also Rüdi und ich waren mal bei ihm in seiner Werkstatt am tüfteln, ihr kennt die ja. Da bekam er mit, dass die Bergkristalle, die er normalerweise für seine Chembuster nahm, sehr traurig wurden. Er spürte das irgendwie auf der Seele. Er sagte es mir und kurz danach setzte er sich auf einen Stuhl und fiel in so ne Art Trance. Dann sprachen Wesen, sag ich mal, die sich als Hüter der Bergkristalle vorstellten. Sie sagten uns, dass Edelsteine auch Lebewesen seien und nicht in Polyesterharz ewig gefangen sein wollten. Ihr müsst dazu wissen, dass wir vorhatten, die Bergkristallspitzen in Polyesterharz zu gießen, wie es in der Chembuster Anleitung im Internet stand. Die Wesen empfahlen uns, statt Polyesterharz etwas zu nehmen, was ihnen nicht schaden würde. Rüdi fragte nach und ihm wurde Kleister und Wachs empfohlen. Alles andere sollte genau so bleiben, nur das Polyesterharz gegen Wachs oder Kleister ausgetauscht werden."

„Was habt ihr genommen?" mischte sich Jenny ein.

„Gemach, Mädel. Jetzt bitte keine Unterbrechungen mehr, sonst vergesse ich noch etwas. Also, wir nahmen Kerzenreste und schmolzen sie in einem alten Topf ein und als sie flüssig waren, wurden die mobilen Chembuster gegossen. Der Clou kam aber erst danach. Ich dachte natürlich, dass das schon alles war, aber Pustekuchen! Rüdi nahm sich jeden einzelnen Chembuster ans Herz und dann zum Beten zwischen die Hände und bat im Gebet um Energetisierung jedes Einzelnen. Ihr könnt euch sicherlich vorstellen, was die jetzt für ne Power haben. Gut dass wir zwei Stück mithaben! Die helfen nicht nur gegen Chemtrails, sondern lösen auch Elektrosmog, Handystrahlung und dergleichen auf. Cool, gell?"

Man nickte anerkennend im Kreis.

Rüdi schaute Jonas an und meinte noch ergänzend:

„Außerdem kann man ihn unters Bett stellen, dann baut er ein Schutzschild während der Nacht auf."

„Stimmt, hatte ich ganz vergessen," meinte Jonas Kopf nickend.

Der Einzige, der skeptisch drein schaute, war natürlich Frank. Es schien, als müsse er mit sich selber einen inneren Kampf ausfechten.

„Wat is, Frankieboy. Dat schmeckt dir nich, woll?" meinte „VT" schmunzelnd und klopfte Frank liebevoll auf die Schulter.

Der schaute nur grantig drein und maulte:

„Ich kann nicht glauben, dass ihr alle so etwas glauben könnt. Gesunde Kritik ist für euch doch nur ein Fremdwort."

Paul, der Chemiestudent, der meistens sehr ruhig war, ergriff das Wort.

„Weißt du, Frank, auch ich war lange Zeit sehr skeptisch, aber Rüdi hat es mir am eigenen Leib vorgeführt, das es geht. Auch dir kann er es zeigen, denke ich mal."

Rüdi nickte.

„Vielleicht will ich das ja gar nicht. Ach, lasst mich doch alle in Ruhe…" sagte Frank noch, dann lief er schmollend hinters Haus.

„Wie ein kleines Kind, das nicht lernen will. Kenn ich von meinem Bruder von früher," meinte Jenny und sah ihm wehleidig hinter her.

„Mir tut er leid. Es ist halt nicht sofort jeder für das Geistige offen."

Nachdem sie das gesagt hatte, stand sie auf und ging ruhigen Schrittes Frank hinterher.

Die Nacht war ruhig verlaufen. Die Freunde hatten sich jeder einen Schlafplatz gesucht und waren auch schnell eingeschlafen.

Jenny hatte es tatsächlich geschafft, Frank zu beruhigen und als es etwa 22 Uhr war, wünschte man sich eine friedvolle, gesegnete Nacht und bald lagen alle in Morpheus Armen.

Als Erster war „VT" auf den Beinen. Er musste mal dringend austreten und staunte nicht schlecht, als er draußen vor der Tür Schnee entdeckte.

Über Nacht war es weiß geworden.

Nachdem er sein „Geschäft" erledigt hatte, weckte er die anderen.

Nach dem Frühstück wurde erst einmal beratschlagt, was man heute machen könnte.

Das Wetter hatte ihnen einen schönen Strich durch die Rechnung gemacht. Mit Schnee im November hatten sie nicht gerechnet. Aber so weit im Norden konnte das Wetter schon einmal schnell umschlagen.

Jonas rief zu Frank:

„Kannst du mal schauen, wie viel Holzvorrat in dem Schuppen hinter dem Haus ist?"

Frank, der noch nicht ausgeschlafen war, antwortete beleidigt:

„Warum ich? Bei dem Schneetreiben schickt man ja keinen Hund nach draußen."

„Du bist ja auch kein Hund, deshalb gehe bitte. Du bist der Einzige von uns, der über keinerlei Abhärtung oder Survival Erfahrung verfügt. Sieh es als einen Teil deiner verlorenen Wettschuld an."

Jonas lächelte, nachdem er das gesagt hatte.

Frank nahm seine Wintermütze und seine Jacke und stiefelte aus dem Haus.

Einige Minuten später kam er mit viel Schnee auf Mütze und Jacke zurück.

„Also," begann er.

„Wenn ich das richtig einschätze, dürften es etwa 1- 1,5 Ster Holz sein."

„Was ist ein Ster?" fragte Paul.

„Ein Raummeter Holz," antwortete Jenny als Erste.

„Wie weit kommt man damit?"

Paul wusste das wirklich nicht einzuordnen.

„Etwa 2-6 Wochen, je nach Wetter und wie oft ihr heizt und vor allem wie sparsam ihr heizt."

Als Rüdi das gesagt hatte, schaute er Paul an.

Der nickte.

„Ist der Holzpreis eigentlich schon in der Miete mit drin?"

Jennys Frage war berechtigt.

„Jepp! Ist er."

Jonas nickte bejahend.

„Und wenn das Holz nicht für 4 Wochen reicht, was dann?" fragte Paul.

„Man merkt, du hast scheinbar noch nie Holz gehackt, gesammelt oder besorgt."

Jonas lächelte ihn an.

„Dann wird welches besorgt. So einfach ist das. Wälder gibt's hier doch genug und Bruchholz und dergleichen liegt bestimmt überall rum."

„So, großer Sprüchemacher," fiel ihm Frank in die Rede.

„Dann mach mal Feuerchen, mir ist kalt. Brrr!"

Alle mussten über diesen Kommentar lachen. Der Urlaub fing an lustig zu werden.

Keine 10 Minuten später brannte in dem Kaminofen ein nettes Feuer.

Rüdi war nach draußen gegangen, um etwas alleine zu sein.

Als er wieder das Holzhaus betrat, strahlte er über das ganze Gesicht!

„Ich hab hinten im Stall in einer abgedeckten Ecke Schamottesteine gefunden. Genial! Jetzt können wir den Ofen tunen oder besser noch pimpen, um es in der Jugendsprache zu sagen."

„Hä? Ich verstehe nur Bahnhof!" rief Paul dazwischen.

„Später, Paul. Lasst uns die „Goldstücke" reinbringen und damit den Ofen bestücken. Schamottesteine speichern

Wärme über einen längeren Zeitraum. So können wir die wohlig warme Wärme des Feuers länger nutzen."

Rüdi ging nach draußen und die anderen folgten ihm. Nur Paul blieb sitzen. Er hatte keine Lust!

Sie kamen mit 27 Schamottesteinen zurück. Auf den ersten Blick sahen sie aus wie gebrannte Ziegelsteine, aber auf den zweiten Blick sah der erfahrene Fachmann den Unterschied.

Nachdem alle Schamottesteine auf dem Ofen verteilt waren, sah er wie ein Kunstwerk aus.

„Nicht schön, aber praktisch."

Jonas grinste.

„Wie heißt du mit Nachnamen? Etwa MacGyver?" lachte Jenny Jonas an.

Der wurde leicht rot wegen dem Kompliment.

„Aber nicht, dass ihr mich jetzt so nennt!" meinte er lachend.

„Is scho recht!"

Alle lachten.

Jenny ging zu ihrer Reisetasche und holte ihren Weltempfänger raus.

„Lasst uns mal Nachrichten hören, mir geht mein Laptop voll ab. Keine Verschwörungstheorien mehr... Mal sehen, was es Neues in der Welt gibt," sagte sie und begann einen deutschen Radiosender zu suchen.

Plötzlich hörte sie einen deutschen Nachrichtensprecher reden.

„…ist der Dow Jones wieder einmal dramatisch abgesunken. Auch der Dax verlor wie aus heiterem Himmel in der letzten Stunde 12 %. Es ist noch keine Erklärung der Politiker gekommen, wie das passieren konnte. Befürchtungen, dass ein ähnliches Szenario passieren könnte wie vor einigen Wochen, wurden ausgesprochen. Und jetzt ein Blick auf das Wetter…"

Jenny stellte das Radio ab. Sie war geschockt!

„Was, schon wieder so ne Krise? Die haben doch letztens erst einige hundert Milliarden Euro in die Banken gepumpt."

„Soll das ein Witz sein? Wie naiv seid ihr eigentlich? Die drucken doch ihr Geld wie sie gerade lustig sind."

Rüdi nickte, als er dies sagte.

„Das ist reine Verschwörungstheorie," warf Frank ein.

„Klar, dass du als Skeptiker das nicht glaubst. Für dich waren auch die Amerikaner mit Raketen auf dem Mond oder haben Terroristen mit Messern bewaffnet die Twin Towers zum Einsturz gebracht, oder?"

Jonas hatte sich in Rage geredet.

„Logisch! Ist doch alles bewiesen," meinte Frank selbstsicher.

„Hömma, Alter," begann „VT".

„Dat glaubste ja wohl selber nich, oder? Dat weiß ja sogar meine Omma, dat dat ne ausgemachte Türkerei war, hömma!"

Frank schaute in die Runde und zeigte allen einen „Vogel".

„Lasst ihn, den ungläubigen Thomas. Der ist nicht zu bekehren."

Als Jenny das sagte, nickten alle, außer Frank.

„Hast Recht Jenny, wir sollten ihn Thomas nennen, wie in der Bibel. Aber vielleicht macht er ja noch ne Wandlung vom Saulus zum Paulus durch, wer weiß…"

Jonas hatte das so plötzlich gesagt, dass Frank gar keine Möglichkeit zur Antwort hatte.

„Ihr spinnt doch alle," grollte er und ging nach draußen.

„Hört, hört! Er ist nach draußen gegangen. Mal sehen, wie lange er es dort aushält. Ist jetzt der erste Tag, wo wir ein bisschen mit Survival anfangen könnten. Stellt euch vor, es kommt zum Crash, dann ist aber wirklich Holland in Not! Wir sollten anfangen, Holz sammeln zu gehen!"

„Bleib cool, Alter," mischte sich Jonas in die panische Ansprache von Paul.

„Denk positiv! Think pink, wie die Amis sagen. Noch ist der Crash nicht da. Sollte er kommen, werden wir hier wirklich unter Umständen Survival vom Feinsten bekommen."

„Gut, dann lass uns heim fahren," schlug Paul vor.

„Noch schaffen wir es vielleicht, vor dem Crash heimzukommen."

„Vergiss es, Alter! Die Fähre nach dem Festland ist schon nicht mehr zu erreichen und durch Norwegen und Dänemark brauchen wir locker 2 Tage…"

„Ich bin hier nicht sicher," fing Paul an zu piepsen.

„Alter, du bist bei uns sicher. Ich habe genug Survival Erfahrung, das kriegen wir schon gebacken."

„Meinst du wirklich?"

Alle nickten los und es sah wie ´ne unbewusste Absprache aus.

„Endlich geschieht was!"

Jenny war ganz aufgedreht.

Plötzlich klingelte Jonas Handy.

„Wow! Hier ist Empfang! So weit in der Wildnis sind wir wohl doch nicht," frotzelte er und ging an den Apparat.

„Was? Wie? Echt? Da haben wir wohl das Beste verpasst. Danke Magnus. Ich ruf dich nachher zurück. Tschüß."

Dann legte er auf.

„Stellt euch vor! In den letzten Minuten muss dramatisch etwas passiert sein. Erst brachen einige kleinere Börsen zusammen und jetzt auch die englische, französische und die deutsche Börse! Stellt euch das mal vor!

Wir haben einen Crash, alter Schwede! Das darf doch alles nicht wahr sein!"

„Hat das Magnus gerade erzählt?" fragte Jenny, die auch ganz aufgeregt war.

„Ja, so ist es! Ob die Amis auch abschmieren, wusste er noch nicht. Jedenfalls brach das Fernseh-Signal bei ihm danach zusammen und er rief uns an, damit wir auf dem Laufenden sind!"

„Na toll... Milliardensummen in Tagen verpulvern, aber arme Menschen in den „Dritte Welt Ländern" verhungern lassen. Eine Schande ist das! Wo waren denn die Gelder, als es darum ging, der „Dritten Welt" unter die Arme zu greifen, damit sie ihre Schulden loswurden, wo waren sie denn, wenn es darum ging, einfache Brunnen zu bauen damit auch diese Menschen endlich sauberes Trinkwasser bekommen und es auch darum ging, die Armut in den Slums herabzusehen, hä? Dafür war natürlich kein Geld da!"

Jenny hatte sich sehr stark aufgeregt.

„Krieg dich wieder ein! Du hast ja recht, aber das hilft uns in unserer jetzigen Situation auch nicht weiter. Sag mal, Jonas, wie viel Nahrungsmittel und Wasservorräte haben wir eigentlich?" fragte Rüdi.

Jonas holte seinen handgeschriebenen Zettel hervor und antwortete:

„Also 50 Liter Wasser, Reis, Kartoffeln, 20 Eier, ein paar Konservendosen für Hardcore Esser, 1Packung Acerola Vitamin C Tabletten, 1 kg Spirulina Algen, 1 Kiste leckeres Bierchen, 2 Brote, 3 Glas Marmelade, 3 Dosen Thunfisch, 10 Packungen Knäckebrot, 20 kg Mehl, einige Packungen Nudeln, Hartweizengrieß, 1 Sack Karotten, 3 Kohlköpfe, 1 Blaukrautkopf, etwas Sellerie, die letzten Tomaten aus Jennys Garten und …ähem…20 Tafeln Schokolade."

„Was Schokolade?" fragte Jenny überrascht.

„Ja weißt du, Jenny," räusperte sich Paul.

„Ich brauche das. Meine Nervennahrung sozusagen, die sind von mir."

„Prima, haben wir was zum Tauschen," antwortete Jonas trocken.

„Wie tauschen? Die gehören mir!"

Paul protestierte.

„Keine Widerrede! Die werden erstmal zurück gehalten. Vielleicht können wir die gegen etwas tauschen, das wir zum Überleben brauchen."

„So lass ihm wenigstens eine Tafel, Jonas," bettelte ihn Jenny verschmitzt an.

„Ok, eine Tafel! Teil sie dir gut ein."

Lachend ging er nach hinten, wo die Vorräte gelagert waren und reichte ihm eine Tafel Schokolade.

Es war alles dieselbe Sorte: TRAUBEN-NUSS.

„Lecker, mag ich auch," meinte Jenny und lachte.

„Gut, wir sollten heute einen Exkurs in Survival machen, Freunde. Wie gewinne ich aus Schnee oder Regenwasser Trinkwasser."

„Hä?" meinte Paul.

„Da unten ist doch ein See."

„Woher weißt du, ob das Wasser trinkbar ist?"

„Nichts einfacher als das! Ich messe den ph-Wert des Wassers. So kann ich schnell feststellen, ob das Wasser genießbar ist oder nicht. Natürlich hab ich alles dabei. Wer begleitet mich runter zum See?"

„VT" hatte noch einen Einwand:

„Hömma, dat geht so nich. Du weißt doch, dat auch hier mit Chemtrails alles zugemüllt wird. Dat Wasser muss dann mindestens abgekocht werden."

„Ich bitte um den Segen dafür und notfalls kannst du es auch noch abkochen," meinte Rüdi.

Gemeinsam gingen sie zum See und holten sich eine Wasserprobe.

„So," sagte Paul .

„Ich messe jetzt einmal den ph-Wert. Das haben wir gleich!"

Alle standen um Paul herum und begutachteten, was er dort machte.

War das Wasser trinkbar? Gleich wussten sie es.

„Ich kann es kaum glauben!"

Paul sprang vor Freude auf.

„Der ph-Wert ist genau 7."

„Was heißt das denn? Meine Chemie-Zeit in der Schule ist schon lange vorbei," meinte Jenny und kratzte sich verlegen am Ohr.

„Musst kein schlechtes Gewissen haben. Endlich kann ich euch auch einmal etwas sagen. Also: Ein ph-Wert von 7 ist optimal für Wasser, besser geht es nicht. Wäre der ph-Wert kleiner als 7, wäre das Wasser sauer und wäre der Wert größer als 7, wäre er alkalisch. Ich weiß zwar nicht, wie es zu 7 wurde, aber ich bin froh darüber."

„Du, Rüdi, prüfe das Wasser mal mit deinen heilenden Händen," sagte Jonas.

Rüdi nickte und nahm das Glas mit dem Wasser in die Hand.

„Nun, ich spüre jetzt keine Heilkraft in ihm, aber es piekst auch nicht in meinen Händen, soll heißen, es ist auch nicht negativ oder verseucht."

Dann nahm er ein Fläschchen aus der Tasche und schüttete vorsichtig einen Tropfen hinein.

„Das ist Rescue, eine Bachblüte," sagte er.

„Rescue nehme ich immer zum Testen. Das ist das Notfall Mittel der Bachblüten. Ich bitte jetzt um den Segen für das Wasser. Schaut mal, was mit ihm gleich geschieht."

Rüdi nahm das Glas in die Hand und betete still.

Das Wasser fing an zu perlen, es entstanden Luftbläschen im Wasser.

„Das ist Sauerstoff Energie, die jetzt entsteht. Das Wasser wird energetisch aufgeladen."

„Kann man es jetzt trinken?" wollte Jenny wissen.

„Selbstverständlich. Willst du einen Schluck probieren?" fragte er.

Sie nickte und nahm einen Schluck.

„Speichel ihn erst im Mund ein, bevor du ihn runterschluckst, Jenny," sagte Rüdi.

Sie tat es.

Hinterher strahlte sie und schaute in die Runde.

„Das kribbelte sehr angenehm und ich hatte das Gefühl, als würde heilendes Licht durch meinen Hals fließen."

Rüdi lächelte. Das Gefühl kannte er auch.

Eine Stimme sprach sie plötzlich von hinten an:

„Schaut mal, wen ich gefunden habe."

Sie drehten sich um und Magnus und Frank standen vor ihnen.

Es spitzt sich zu..

Frank war aus der Blockhütte gelaufen.

Was glaubten die denn von ihm?

Meinten die, man könne alles mit ihm machen?

Nein, so hatten wir nicht gewettet.

Wütend schloss Frank seine wasserabweisende Winterjacke, zog seine Mütze auf und stiefelte los.

Erstmal egal wohin, Hauptsache weg, nur weit weg!

Er musste überlegen und zu sich kommen.

Warum war er denn nur so anders als seine Freunde.

Wer tickte da nicht richtig?

Er oder sie?

Das konnte doch nicht mit rechten Dingen zu gehen, dass alle an diese blöden Verschwörungstheorien glaubten.

Er kannte doch alle fünf schon länger. Hatte sich da etwas in ihren Köpfen getan, was ihm nicht aufgefallen war?

Er war immer schon stolz darauf gewesen, dass er nicht alles glaubte, ja in vielerlei Hinsicht ein Skeptiker war.

Doch jetzt war das paradoxe, dass sie ihm quasi das Gegenteil vorhielten.

Er wäre zu leichtgläubig und würde alles, was im Fernsehen oder den Zeitungen stand, glauben.

Frank schüttelte den Kopf und verstand die Welt nicht mehr.

Es mochte einfach nicht in seinen Schädel hinein gehen, dass es Menschen geben könnte, die so abgebrüht sein sollten und bewusst dieses ganze Szenario hervorgerufen hätten.

Warum sollte jemand weltweit Chemikalien oder Viren versprühen, wie es „VT" immer behauptete?

Er fand keinen Sinn darin…

Sollte es tatsächlich Menschen geben, die absichtlich versuchten, die Erdbevölkerung zu dezimieren?

Und wenn ja, aus welchem Grund?

Frank fiel kein Grund ein und marschierte weiter aufs Geradewohl drauf los und merkte gar nicht, dass er sich weiter und weiter vom Haus entfernte.

Das Schneegestöber nahm langsam aber sicher kontinuierlich zu und Frank merkte gar nicht, dass er längst die Orientierung verloren hatte.

Er haderte mit sich selbst und nachdem er etwa eine Stunde gelaufen war, blieb er abrupt stehen.

Frank drehte sich im Kreis.

Alles war weiß.

Kein Haus, kein Baum, nichts außer einer weißen Schneelandschaft war zu sehen!

„Oh Gott, oh Gott!" entfuhr es ihm.

Er hatte sich verlaufen!

Frank schaute zurück und sah aber nur noch die Fußspuren von sich, die relativ frisch waren.

Das Schneetreiben wurde dichter und dichter und auch der Wind frischte jetzt auf.

Das kann ja heiter werden, dachte er so vor sich hin und überlegte, aus welcher Richtung er gekommen war.

Hätte er doch einen Kompass dabei gehabt oder einen anderen Orientierungspunkt...

Frank versuchte innerlich in der Ruhe zu bleiben und marschierte wieder los in der Hoffnung, dass das der Weg war, von dem er kam.

Doch er irrte gewaltig!

So wie man sich in der Wüste leicht verlaufen kann, ist es bei einem Schneegestöber nicht minder schwierig.

Aber darüber dachte er jetzt nicht nach und ging weiter.

Plötzlich ließ der Schnee etwas nach und Frank sah vor sich so etwas wie einen Weg oder eine Strasse.

Schnurstracks ging er darauf zu und eine Art innere Freude durchströmte ihn.

Es war eine Art Strasse.

Hier musste er doch irgendwann Häuser oder Menschen treffen.

Jetzt innerlich aufgebaut und frohen Mutes setzte er seinen Weg fort.

Nach 15 Minuten wurden ihm die Beine schwerer und das Gehen auf dem Schnee wurde immer mühsamer.

Die Schritte wurden kleiner und es strengte ihn zusehends an.

Was hätte er jetzt für eine warme Stube, einen heißen Tee und eine Wärmflasche für seine kalten Füße gegeben.

Was war er doch für ein Narr gewesen, einfach so blindlings in die ihm fremde verschneite Natur zu marschieren?

Nur auf Grund seiner Eingeschnapptheit.

Wer war eigentlich der Klügere?

Normalerweise doch der, welcher nachgibt.

So heißt es jedenfalls im viel zitierten Sprichwort.

„Nein, ich gebe nicht auf," sagte er immer wieder zu sich.

„Ich halte durch, ich schaffe das!"

Und während er diese beiden Sätze fast wie ein Mantra immer wieder vor sich hersagte, ging er weiter und er merkte nicht, wie die Zeit verging.

Er schaute nach vorne und glaubte, seinen Augen nicht zu trauen!

Da waren zwei Lichter!

Gehörten sie zu einem Auto, war es nur eine Einbildung oder war geschah hier?

Jedenfalls wurden seine Lebensgeister wieder verstärkt aktiviert, als er das Gefühl hatte, das die Lichter auf ihn zukamen.

Frank stellte sich jetzt mitten auf die Strasse und winkte.

Innerlich hoffte er, dass das, was auf ihn zukam, wirklich ein Auto war und ihn auch mitnahm.

Die Lichter wurden heller und kamen näher!

Jetzt war auch schon eine Art Brummen zu vernehmen!

Eine Minute später erkannte Frank, dass es ein Auto war.

Er winkte wie verrückt!

Gut, dass er eine orange Jacke anhatte, die reflektierende Zeichen angebracht hatte.

Das Auto fuhr langsamer und kam dann einige Meter vor ihm zum Stehen.

Frank war sehr aufgewühlt und ging voller Freude auf das Auto zu.

Der Fahrer hatte den Scheibenwischer und den Motor laufen lassen.

Frank ging zur Fahrerseite und klopfte.

Die Seitenscheibe wurde herunter gelassen.

Welch eine Freude!

Es war Magnus Magnusson!

„Wie, wie kommst du denn hierher?" fragte er mit einem erstaunten Gesichtsausdruck den erschöpften Frank.

„Ach, ich bin spazieren gegangen und hab mich verirrt," meinte Frank und verheimlichte den Rest der Geschichte.

„Komm erst mal ins Warme, du musst ja total ausgekühlt sein."

Daraufhin griff er nach rechts rüber und öffnete den Türknopf, denn die Beifahrertür war verriegelt gewesen.

Frank ließ sich das nicht zweimal sagen und in Rekordzeit saß er auf dem Beifahrersitz.

„Wohin bist du unterwegs?" fragte er Magnus.

„Na zu euch, ihr könnt euch gar nicht vorstellen, was los ist. Auch der Handyempfang ist abgeschnitten, äh unterbrochen meine ich. Gut, dass ich die Schneeketten schon vorbereitet hatte, so konnte ich schnell losfahren."

„Was ist denn so Schlimmes passiert?"

Frank hatte jetzt aufgehorcht.

„Das erzähle ich nachher, wenn wir bei deiner Gruppe sind. Ich muss mich jetzt total aufs Fahren konzentrieren, ok?"

„Ja klar. Nur eins noch: Wie weit ist es noch mit dem Auto zu deinem Blockhaus?"

Magnus schmunzelte:

„Ich denke, wenn ich weiterhin nur zwischen 20 und 30 km/h schnell fahren kann, dauert's schon noch ein halbes Stündchen!"

Frank schluckte.

Da hatte er sich aber sauber verirrt gehabt!

Er schwieg jetzt und ließ Magnus fahren.

Trotz der Schneeketten und des zuschaltbaren Allradantriebs musste Magnus höchste Vorsicht walten lassen, um nicht von der Strasse abzukommen.

Frank war erleichtert, als er in einer Entfernung von etwa 100 Metern dann das Blockhaus sah.

Es hatte aufgehört zu schneien und im Innern des Hauses war wohl eine Lampe an geblieben und zeigte eine spärliche Lichtquelle.

Als sie mit dem Jeep vor dem Haus standen stiegen sie aus und traten hinein.

Als sie niemanden sahen, umrundeten sie es und gingen dann zum See, wo die Freunde waren.

Es gab ein großes Hallo und die Freude war außerordentlich!

Doch dann verzog Magnus sein Gesicht und schaute ernst drein:

„Es ist schlimmer als ihr denkt. So wie ich es im Internet recherchiert habe, ist der Notfall ausgebrochen."

„Notfall?" fragte Jenny.

„Ja, so ist es! Ich kenne mich auch in diversen Foren aus. Hier bei uns in Norwegen ist mit Aufklärung und Verschwörungs-theorien nicht allzu viel los. Da mein Deutsch gut genug ist, lese ich regelmäßig in deutschen Foren mit. Was da vorhin stand ist der Hammer!

In den Nachrichten in Norwegen und in Deutschland war nichts, aber auch gar nichts davon zu hören. Selbst auf zwei reinen Nachrichten Kanälen kam nichts. Als ginge es darum, die Leute erst einmal bis Montag unwissend zu lassen."

„Das heißt, das…" wollte Jonas gerade sagen.

„Genau!" unterbrach ihn Magnus.

„Das mit dem Crash ist noch nicht bekannt! Es wird bis Montag verheimlicht! Die Börsen öffnen Montag nicht mehr! Die Banken auch nicht! Die dunklen Hintermänner der Sache haben bestimmt was Unangenehmes noch am Wochenende vor, das spür ich irgendwie."

Dabei rieb er sich die Hände, als wolle er jemanden verprügeln.

„So was hinterlistiges," sagte Jenny.

„Dat kannste aber laut sagen, hömma" mischte sich „VT" ein.

„Also, ich muss schon sagen, hömma, früher da war ich ja der einzige Verschwörungstheoretiker, aber heute, hömma, da wimmelt et ja nur so davon, hömma."

Rüdi hob beschwichtigend die Hände.

„Also bleibt mal ruhig! Magnus soll alles ganz in Ruhe erzählen, was in den Foren stand, ok?"

Es gab zustimmendes Nicken.

Magnus räusperte sich und begann dann zu erzählen:

„Also, meine Freunde. Ihr habt recht, wenn im Radio kam, das der Dax und auch der Dow erdbebenartige Rutsche erlebten. Aber mehr wurde nicht gesagt. Die haben so getan, als ob die Börse so geschlossen hätte und man noch einmal mit einem blauen Auge davon gekommen sei. In Wahrheit war es aber so, dass aus sicheren Quellen durchsickerte, dass nichts mehr ging. In Frankfurt, Tokio, London und New York haben einige Börsianer durch den Sprung aus dem Fenster den Freitod gewählt. Und wenn es mal so weit ist, gab es den totalen Crash!"

„Ist die Mitteilung der Selbstmorde sicher?" fragte Jenny.

„Scheinbar schon. Der Informant hat es wohl mit eigenen Augen in London mitbekommen, wurde gesagt."

„Nun, wenn die Börse zusammengebrochen ist, dann haben wir aber die Kacke am Dampfen," sagte Jonas unverblümt.

„Dann ist richtig Stress – aber weltweit!"

Jonas hielt nicht mehr an sich, er schnaubte regelrecht.

„Bleib cool, Jonas!" sprach ihn Rüdi an.

„Wir müssen jetzt sehen, dass wir das Beste aus der Situation machen. Wir werden uns auf unsere Fähigkeiten verlassen müssen. Gut, dass einige von uns Survival Erfahren sind. Ich habe damals doch eine Ausbildung in Survival gemacht in Südtirol drüben, da hab ich mir viele Tipps und Anregungen mitgeschrieben. Bin ich froh, dass ich das Büchlein mit auf die Reise genommen habe. Wahrscheinlich ein Wink der Engel, denke ich."

Rüdi ging Richtung Haus, um es zu holen.

„Wir kommen mit, hier draußen ist es sowieso zu ungemütlich, Rüdi," rief ihm Jonas hinterher.

Der hob nur den Arm, zum Zeichen, dass er es verstanden hatte und ging weiter.

Als sich in der Blockhütte alle versammelt hatten, hob Rüdi sein Büchlein hoch und sprach:

„Wir wollen zuerst beten und GOTTVATER danken, dass er uns über seine Helfer, die Engel so gut leitet und für den Weltfrieden beten und das die gesamte Wahrheit auf den Tisch kommt und alles Ungerechte, alle Intrigen, Lügen und falschen Spiele der Banker, Hintermänner, Drahtzieher und all derer, die an dem Komplott zur Versklavung der Menschheit beteiligt sind, aufgedeckt wird."

Dann setzte er sich in den Schneidersitz und faltete die Hände.

Die Gruppe tat es ihm nach, auch Frank der Skeptiker und Paul, der sonst wenig betete, aber heute das Gefühl hatte, es mitzumachen.

Rüdi sprach das Gebet laut:

„VATER, bitte erhöre uns. Du, der Du uns immer und überall mit Deiner VATERLIEBE leitest, bitte erhöre unser Anliegen. Wir beten jetzt für diesen Planeten, den wir Mutter Erde nennen, damit dieser Planet gereinigt und befreit wird von allem Übel. So wie wir im Vaterunser auch beten, „Befreie uns von dem Bösen bzw. Übel," so bitten wir Dich jetzt GOTTVATER, befreie den Planeten Erde und lass alles Unrecht jetzt ans Tageslicht kommen, sodass die Politiker, Banker, Illuminaten, Hintermänner und wie sie alle heißen mögen, uns nicht mehr geißeln können und das ihr Turm aus Lügen zusammenbrechen möge. Dieses falsche Babylon, das in der Bibel als Hure bezeichnet wird, dessen Sitz an mehreren Stellen der Erde ist, möge jetzt aufgedeckt werden. Einer der Hauptsitze ist wohl BabyLON(DON), der jetzt entschleierte Sitz und dort zeichnet sich auch Unmut gegen die Pläne der Regierung aus. VATER, wir danken Dir, dass Du uns immer wieder viele himmlische Helfer schickst, denn nur gemeinsam sind wir stark. Einzelkämpfer sind jetzt nicht gefragt, dass habe ich als Botschaft schon empfangen. Wir brauchen jetzt die Hilfe von „oben" und wir werden sie auch bekommen, wenn wir nicht nur mit unserem Mund stark sind, sondern auch mit unseren Herzen und Taten folgen lassen. Wir wissen, VATER, dass Du wünschst, dass dieser Sündenpfuhl hier auf Erden ein Ende hat, doch erlaubt es Dein göttlicher Plan nicht direkt einzugreifen. Du hast den Menschen einen freien Willen gegeben und an den halten sich alle Lichtarbeiter. Doch in dem Falle, wo wir um Hilfe bitten und dadurch den ersten Schritt tun, wird uns Hilfe gewährt und wir werden von Tag zu Tag mehr und das göttliche Licht, die göttliche Flamme, brennt in unseren Herzen immer stärker.

Je stärker diese Flamme ist, geliebter VATER, dessen bin ich mir sicher, je höher ist die Energie dieses Planeten und je weiter muss die dunkle Seite ihren Plan aufgeben, uns zu versklaven! Wir sind freie Seelen und wir haben nur Einen, dem wir gehorchen und das bist du, geliebter VATER, in JESUS CHRISTUS! Nur Dir sind wir Untertan und gehorchen auf das, was Du sagst. Deshalb beten wir hier für alle Lebens-formen in allen Universen und Dimensionen, schicken ihnen Licht und Liebe und das der Friede mit ihnen sei. Wir haben keine Feinde und wissen, dass diese Illusion hier auf Erden, dem Ende zu geht. Möge die Liebe und die Wahrheit siegen, denn JESUS CHRISTUS ist Sieger! Amen, Amen, Amen!"

Sie blieben noch etwa 1 Minute mit geschlossenen Augen sitzen, so sehr hatte sich der Raum mit Energie gefüllt!

Das Gebet hatte seine Wirkung getan!

Allen war jetzt wohler ums Herz!

Rüdi hatte ja recht! Es ging nicht darum, als Einzelkämpfer aufzuräumen.

Nein ! Nur mit der Kraft der Liebe und mit dem gemeinsamen Handeln konnte man etwas erreichen!

Als Jenny diesen Gedanken zu Ende gedacht hatte, war ihr innerlich plötzlich sehr warm!

„Es gibt doch das wunderbare Sprichwort: Hilf dir selbst, dann hilft dir Gott," sagte Jonas.

„Deshalb sollten wir trotzdem schauen, dass wir hier jetzt einige Survival Techniken besprechen, denn es kann unter Umständen noch etwas dauern, bis wir wieder in Deutschland sind."

„Sei´s drum."

Rüdi nickte.

„Also Freunde, ich möchte euch ein paar von meinen besten Survival Tipps mal vorlesen, die ich im Laufe meines Lebens gelernt habe. Seid ihr einverstanden?"

Da keiner ein Veto einlegte, begann Rüdi vorzulesen:

„Also, wenn es regnet und ihr dringend Wasser braucht, da euer Trinkwasser aufgebraucht ist, solltet ihr erst einmal einige Minuten warten, bevor ihr es auffangt, denn in den ersten Minuten regnen sich meistens Dreck und alles behaftete der Umwelt ab. Ich habe aber noch was Wichtigeres gelernt. Nämlich, wie man schmutziges Wasser recht gut gefiltert bekommt und zwar mit einfachen Mitteln. Ich hab das hier schematisch aufgezeichnet und erkläre es mal mit meinen Möglichkeiten:

Also: Ich besorge mir eine 1,5 Liter Plastikflasche. Dort hinein fülle ich diverse Materialien, um das Wasser zu filtern. Ein Survival Freak hat es mir mal vorgeführt. Klappt echt Klasse!

Zuerst muss der Boden der Plastikflasche abgeschnitten werden. Dann kommen in dieser Reihenfolge folgende Schichten zum Filtern in die Flasche:

Zu unterst kommt ein Stück Stoff oder T-Shirt, ein Fetzen vom Nachthemd, ach egal, am besten aus Baumwolle. Das muss zu unterst liegen, damit es einerseits noch mal alles filtert und dann die oberen Schichten nicht durchsickern. Darauf kommt dann ganz, ganz feiner Kies. Den findet man eigentlich immer. Wie ich den Jonas kenne, hat er so etwas bestimmt immer an Bord, oder?"

Jonas nickte.

„Ok, ich fahre fort. Auf die Schicht Kies kommt dann Holzkohle. Diese sollte aber vorher gewaschen sein, das erleichtert die Arbeit. Wir hatten damals Holzkohle dabei, weil wir sie eigentlich zum Grillen nehmen wollten. Darüber wäre ideal Watte. Notfalls geht auch wieder Baumwollstoff eines T-Shirts oder so. Watte haben viele Survival Freaks dabei, hab ich mir sagen lassen, man kann sie vielseitig einsetzen. Die nächste Schicht wäre jetzt Sand, der gewaschen wurde. Findet man häufig an Flüssen, ist eigentlich gut zu finden. Dann kommt wieder eine Schicht feiner Kies. Dann wäre etwas gröberer Kies gut und als letztes wieder ein Stück Stoff, das oben drüber gespannt wird. Die Mischverhältnisse so wählen, dass die 1,5 Liter Plastikflasche genau voll wird. Ach ja, ihr solltet sie so platzieren, dass sie so befestigt wird, dass sie zum einen festen Halt hat und zum anderen gerade nach unten zeigt und das ein Topf, Glas oder ähnliches als Auffangbehältnis für das saubere, gereinigte Wasser drunter steht.

Falls ihr euch ekelt, dieses Wasser zu trinken, besteht immer noch die Möglichkeit, es einige Minuten lang abzukochen, dann sind alle Viren und Bakterien abgetötet."

„Einwurf!" sagte „VT".

„Ja, was hab ich denn vergessen, „VT"?" fragte Rüdi.

„Nee, nix vergessen, hömma, aber et gibbet noch ne Möglichkeit, dat Wasser steril zu kriegen."

„Und die wäre?" fragte Jenny, die ganz aufmerksam wie die anderen auch, gelauscht hatte.

„Also, wenn ich einen schwarzen Kanister habe und dat Wasser dort reinfülle und dat ganze einige Stunden in die pralle Sonne gebe, hömma, wat meint ihr, wat dat Wasser für ne Hitze kriegt, hömma, locker 60 Grad und mehr. Dann sind die Bazillen auch futschikato, hömma."

Jenny musste über „VT´"s Redewendungen immer wieder schmunzeln. Aber so war er halt, ihr Kumpel aus dem Ruhrpott.

„Ach ja, hömma, der Filter muss regelmäßig ausgetauscht werden, hömma, dat is doch klar, woll?"

Rüdi nickte zu „VT".

„Klar, „VT", das wollte ich noch ergänzen. Das er je nach Verschmutzungsgrad des Wassers gereinigt werden muss. Wir hatten dann auf dem Survival Lehrgang ein ähnliches Experiment gemacht. Allerdings mit einem großen Plastik Kanister. Das Prinzip war fast genauso, nur musste unten ein Loch hinein geschnitten werden, damit das saubere Wasser ablaufen konnte."

Rüdi schaute in die Runde.

„War das verständlich genug oder gibt's noch Fragen dazu?"

„Können wir das morgen mal praktizieren mit getautem Schnee?"

Frank hatte diese Frage in die Runde geworfen.

„Super Idee, Frankieboy," lachte Jonas.

„Wollte ich immer schon mal machen, hab´s aber nie bisher ausprobieren können. Is gebongt, Alter. Machen wir!"

Frank freute sich, dass sein Vorschlag so großes Interesse geweckt hatte.

„Jetzt fahre ich fort mit einfachen Survival Tipps," sagte Rüdi.

Bleiben wir beim Wasser, dem Wichtigsten, was man zum Leben braucht. Bei dem Survival Lehrgang haben wir uns Gedanken gemacht, wie man das Wasser am besten transportieren und schützen kann.

Eine Lösung war ein Jutesack, der außen immer ein bisschen feucht war, aber dadurch das Wasser schön kühl hält. Bei dem Seminar war einer der Leiter ein waschechter Indianer, der spannendes aus seinem „Indianer-Nähkästchen" plauderte, will ich mal sagen. Also: die Indianer Nordamerikas benutzten zum Transport von Wasser die Blasen der Büffel."

„Naja," sagte Jenny –

„Ich stell mir das gerade vor, brrr!"

„Bitte nicht unterbrechen," meinte Rüdi.

„Ihr könnt nachher was dazu sagen. Weiter geht's: die waren aber nicht sehr groß, trotz des riesigen Tieres: Es passten nur 2 Liter hinein, sagte er. Verschlossen wurde die Blase dann mit einem Stopfen aus Holz. Die Blase wurde dann am oberen Teil um einen kurzen runden Knochen so gelegt, dass sie dort mit einer Art Lederstreifen festgebunden werden konnte. Der Stopfen aus Holz wurde so perfekt geschnitzt, dass er genau in den runden Knochen hineinpasste und kein Wasser, was natürlich sehr kostbar war, verloren ging. Die Völker in Afrika benutzen Ziegenhäute, sagte der Kursleiter. Die wären also nicht sehr dicht und es ging immer etwas Wasser verloren, quasi auch durch Verdunstung, das würde das Wasser aber schön kühl halten."

„Darf ich kurz eine Frage dazu stellen?" fragte Paul der Chemiker.

Rüdi nickte.

„So viel ich weiß, können beim Gerben der Tierhäute Gifte freigesetzt werden, Schwermetalle und so. Das wäre aber nicht förderlich für das Wasser, was dann hineinkommt."

Allgemeines Geschmunzel löste dieser Satz aus.

Rüdi ergriff wieder das Wort:

„Nun, heutzutage werden auch weniger Ziegenhäute genommen, das ist richtig. Da verwendet man die so genannten Kallebassen. Sie sind recht leicht und fassen bis zu 3 Liter Wasser und werden verkorkt oder mit einem Holzstöpsel zugemacht.

Ich denke, ich brauche hier nicht weiter drauf eingehen, da wir einige Kunststoffbehältnisse dabei haben und das wird schon gehen. Ich hoffe nicht, dass wir den ganzen Winter über hier fest sitzen, dann haben wir ein Problem."

„VT" ergriff das Wort:

„Hömma, Rüdi, ich denke, ich spreche im Namen aller hier, wenn wir jetzt nich nur theoretische Dinge durchgehen, sondern in erster Linie erstma schauen, wat getz wirklich loss is, inne Welt, hömma."

Magnus erhob sich und begann zu sprechen:

„Liebe Freunde, als das bezeichne ich euch schon einmal. Ich habe vorhin noch nicht alles gesagt. Bei mir zuhause ist das Netz zusammengebrochen. Kein Internet Empfang mehr. Ich habe aber mein Laptop mitgebracht, da ich dort noch einiges gespeichert habe. Ich kann ihn gleich aus dem Auto holen, aber erst sollten wir uns entscheiden, was wir tun. Ich bin bestimmt in der Lage, die Strecke zu mir zurück zu fahren, aber dort wo ich wohne, sind die paar Menschen, die in meiner Nähe wohnen, ziemlich rückständig. Keiner außer mir hat einen Internetzugang und ich hab ihn auch nur via Satellit. Kann sein, dass jetzt der Empfang wieder geht."

„Kann et sein, hömma, dat man dann von hier aus, via Satellit sozusagen, ins Netz kommt, hömma?" fragte „VT".

„Mit der richtigen Sat-Schüssel schon möglich, denke ich." Magnus sprach das sehr ermutigend aus.

„Und haste hier eine?" bohrte „VT" nach.

„Ja, hier ist eine. Aber Strom gibt's ja wie ihr wisst, nur über einen Diesel Generator und damit hab ich immer gehaushaltet bei den Preisen…"

„Also ist es theoretisch möglich, Strom zu bekommen und die Anlage anzuwerfen?"

„Ja, theoretisch möglich, aber solange das so schneit, weiß ich es nicht. Ich denke, es wäre ratsam so lange zu warten, bis es aufgehört hat."

„Und wenn es drei Tage durchschneit, was dann?" fragte Jenny.

„Hmmh, eigentlich passiert das hier um diese Jahreszeit noch nicht. Wir können ja schon mal das Diesel Aggregat in Gang setzen. Mein Laptop hat ein Akku drin, was etwa eine Stunde hält. Glücklicherweise ist es jetzt schon aufgeladen."

Rüdi sah Jonas an.

„Jonas, hast du nicht auch dein Laptop dabei? Du hast doch eine super Ausrüstung. Satellitenschüssel und Stromversorgung in deinem Womo, oder?"

„Prinzipiell hab ich Strom, da ich ja Solarkollektoren drauf habe zum Laden der fünf Batterien an Bord, aber bei dem Schnee ist da nicht viel mit Solar."

Rüdi blieb hartnäckig.

„Wie lange halten denn deine Batterien, wenn du jetzt Strom anzapfst?" fragte er.

„Einige Stunden auf jeden Fall. Aber ob ich ins Netz komme bei diesem Schnee will ich mal dahin gestellt lassen."

„Folglich brauchen wir einen schneefreien Himmel, richtig?" fragte Jenny.

„So sieht's wohl aus," antwortete Magnus.

„Ich bereite euch gleich mal einen norwegischen Energy-drink," sagte Magnus plötzlich und schmunzelte.

„Was soll das denn sein?" fragte Paul.

„Einen lecker Fichtennadel Tee, schmeckt gut, tut gut und ist noch gesund."

„Und wie wird der Tee zubereitet?" fragte Paul.

„Nun, zuerst werden die Nadeln gesammelt, gewaschen und dann natürlich zerkleinert. Anschließend werden sie mit kochendem Wasser übergossen. Dann muss man sie etwa 10 Minuten stehen und ziehen lassen, ja und danach werden dann die Nadeln herausgefiltert. Dieser Tee ist wie ihr ja gehört habt, einfach zuzubereiten, er ist außerdem sehr nahrhaft, da die Fichte ein guter Vitamin-C-Spender ist und das Skorbut-Risiko, das ja vor allem dort gefürchtet ist, wo man lange an kein Vitamin C herankommt, ist dadurch eigentlich ausgeschaltet. Man muss den Tee nicht einmal kochen, um an das Vitamin C heranzukommen, es reicht, warmes Wasser. Aber: vor allem schmeckt er sehr gut. Ich werde es euch gleich nachher beweisen."

„Darf ich kurz dazu was einflechten?" fragte Jonas.

„Ich kenne den Tee natürlich und habe langjährige Erfahrungen damit."

„Bitte sehr, natürlich." Magnus lächelte.

„Tja," sagte Jonas.

„Dieser Tee hat auch noch enorme Heilkräfte. Denn der Fichtennadeltee fördert die Blutreinigung, man kann ihn auch zum Gurgeln und für Mundspülungen nehmen, wenn man Husten, Bronchitis oder Zahnprobleme hat. Aus ihm kann man auch eine Art Spiritus herstellen. Dieser ist gut und hat heilende äußerliche Wirkungen bei Rheuma, Gicht, Gelenk- und auch Muskelschmerzen, bei Ödemen und auch wenn man Probleme mit den Nerven hat. Ich hab mal Auflagen aus Fichtennadeln gemacht und sie haben bei einem Bekannten, wo ich es praktizierte geholfen gegen sein leidiges Gelenkrheuma. Mir hat es als Auflage bei einer Erkältung und bei Problemen mit dem Durchatmen geholfen. Kocht man jetzt aus dem Fichtenharz einen Saft, ist er wunderbar schleimlösend und auch hustenlösend."

Magnus schaute Jonas an und merkte, dass er zu Ende geredet hatte.

„Wenn man jetzt das Harz der Fichte in Wein auflöst und es dann trinkt, so hilft es auch bei Nierenleiden. Meine Oma hat das Harz immer in Honig getaucht und es verrührt und das war das allerbeste Mittel gegen Grippe und Angina."

Rüdi schmunzelte und sagte:

„Nun, ich habe auch meinen Beitrag dazu. Als Heiler kenne ich die Fichte natürlich auch. Man kann eine Essenz mit ins Badewasser geben oder aber in der Aromatherapie verwenden. Also das Fichtennadelöl ins Badewasser oder aber zum Inhalieren nehmen bei Problemen mit den Atemwegen, bei Grippe aber auch bei Kopfschmerzen."

„Nach so vielen guten Tipps bin ich schon sehr auf den Fichtennadeltee gespannt," schmunzelte Jenny.

„Ich gehe Fichtennadeln holen. Ich weiß wo Fichten stehen und finde sie trotz des Schneegestöbers," meinte Magnus und machte sich bereit, aufzubrechen.

Nachdem Magnus wieder da war, brachte Jonas das Wasser, das er gekocht hatte und in einem großen Topf wurde der Fichtennadeltee angesetzt.

Als er fertig war und jeder seine Tasse voll vor sich stehen hatte, meinte Magnus:

„Auf das es uns körperlich und geistig gut gehe und wir eine Lösung aus dieser Krise finden werden."

Dann hob er seine Tasse und die anderen folgten seinem Beispiel.

Alle genossen die wohlige Wärme des Tees.

Interessanterweise fragte niemand der Freunde nach Zucker.

Der nächste Morgen

Es hatte die ganze Nacht durchgeschneit.

Man hatte sich entschlossen, die Nacht über erst einmal zu schlafen, um dann am nächsten Morgen zu entscheiden, wie es weiter gehen sollte.

Glücklicherweise hatte es am Morgen aufgehört zu schneien.

Magnus war schon mal nach draußen gegangen.

„Ich brauche zwei von euch zum Schnee schaufeln. Ich habe drei Schaufeln neben dem Haus im Schuppen stehen."

„Na toll, auf nüchternen Magen Schnee schüppen, echt super," maulte Paul herum.

„Lass man, Alter, Rüdi und ich machen das schon, bereitet ihr dafür Frühstück vor, ok?" sagte Jonas.

Dann gingen Rüdi und er aus dem Haus.

„Meine Güte, wie viel Schnee ist denn da gefallen? Mein Auto ist ja heftig zugeschneit."

Jonas war etwas irritiert.

Dann kam Magnus mit den Schneeschaufeln um die Ecke und verteilte sie.

Die drei schaufelten und schaufelten. Erst die beiden Wege zu den Autos frei und dann den Weg um das Haus herum und als letztes riet Magnus auch einen Weg zum See und zum naheliegenden kleinen Wäldchen zu machen.

„Die brauchen wir bestimmt, wenn wir längere Zeit hier festsitzen. Wenn der Schnee erstmal anfriert, ist er schwerer zu bewegen," sagte Magnus.

Die beiden anderen nickten nur.

Eine weitere halbe Stunde später war das Gröbste erledigt.

Schnaufend betraten sie das Blockhaus und zogen ihre Winterstiefel und Jacken aus.

Jenny hatte zwischenzeitlich das Feuer in dem Kaminofen entfacht und der große Aufenthaltsraum begann sich langsam mit behaglicher Wärme zu füllen.

„Zum Frühstück gibt's leckeren Fichtennadeltee," munterte sie die drei Freunde auf.

„Magnus hatte ja genug gesammelt, für heute morgen reichte es noch locker."

„Ihr Lieben, ich habe heute Morgen eine Durchgabe aus der geistigen Welt bekommen und war in der Lage sie aufschreiben. Ich finde sie derart wichtig, dass ich sie euch jetzt vorlesen möchte," sagte Rüdi.

Die anderen schauten ihn an.

„Ok, ich fang dann mal an. Setzt euch ruhig und trinkt euren Tee dazu. Es ist eine etwas längere Durchgabe.

Wir grüßen euch, geliebte Geschwister des Lichtes. Jeder von euch hat seine Aufgabe. Wie ihr ja schon wisst, sind keine Einzelkämpfer gefordert, sondern gemeinsam seid ihr stark! Der weltweite Börsen-Crash der gestern stattfand und die damit verbundene Wirtschaftskrise und Depression werden eure Aufgabe nicht leichter machen!

Doch ein Großteil der Menschheit des Planeten Erde und insbesondere eure Politiker scheinen immer erst zum Handeln bereit zu sein, wenn alles zusammen zu brechen droht bzw. zusammengebrochen ist und das Wasser ihnen nicht nur bis zum Hals steht, sondern sie schon mit dem Kopf untergetaucht sind. Alle eure Politiker sind nicht die, wofür die Menschen sie halten! Sie haben keine Entscheidungswahl. Sie müssen gehorchen! Tun sie es nicht und versuchen auszusteigen und drohen auch noch, das System aufzudecken, werden sie aus dem Weg geräumt. Autounfälle, Flugzeugabstürze oder andere Arten von „Unfällen" werden dann inszeniert, damit das große „Illusionsspiel" nicht unterbrochen wird, mit dem Ziel der totalen Versklavung der ganzen Menschheit, durch wenige Menschen, die sich für erleuchtet und auserwählt halten. Doch dahinter stehen Drahtzieher, die nicht von eurer Erde sind. Das Gefolge von Luzifer ist stark und mächtig und glaubt, jetzt sei der Zeitpunkt, sich die Erde Untertan zu machen. Aber da irren sie gewaltig! Es sind mittlerweile sehr viele Kinder des Lichtes von vielen verschiedenen Welten hier auf diesem Planet inkarniert, den ihr Mutter Erde nennt. Jedes einzelne Lichtkind bringt nur durch seine Anwesenheit so viel positive Energie mit, das den dunklen Machenschaften langsam aber sicher die Energie ausgeht.

Wir haben schon mehrfach in früheren Durchgaben betont, dass es jetzt immens wichtig ist, dass ihr euch zusammenschließt und eure Energien bündelt. Sind beispielsweise nur 10 unter Euch, die es schaffen, gemeinsam für den Frieden zu beten und positive Energie gebündelt zu einem Krisenschauplatz zu schicken, so ist es dadurch möglich, diese Situation zu entschärfen oder sogar zu stoppen.

Jetzt stellt euch vor, was 100 oder 1000 bewerkstelligen können!

Ihr werdet jetzt sicher denken, warum es soweit bis hierher zugelassen wurde. Nun, der VATER im Himmel hat jedem Menschen den freien Willen gegeben und dieser wird auch fast immer berücksichtigt. Lediglich wenn Gefahr bestünde, diesen, euren Planeten zu zerstören oder den Rest des Universums zu gefährden, darf eingegriffen werden. Millionen von außerirdischen Helfern, die der riesigen Engelschar unter die Arme greifen, stehen jederzeit zum Eingriff und zur Hilfe bereit! Wenn ihr wüsstet, wie oft trotzdem täglich geholfen, evakuiert oder Hilfe geleistet wird. Als damals die dramatischen Sprengungen die Twin Towers zerstörten, wurden viele der unschuldigen Menschen gerettet. Da durften die Außerirdischen Freunde mit ihren Schiffen eingreifen. Auch bei heftigen Katastrophen wird eingegriffen und zwar immer dann, wenn Leben von Menschen in Gefahr ist, deren natürlicher Tod, ihre Lebensuhr sozusagen, noch nicht abgelaufen ist. Das war schon immer so. Nicht nur auf Erden, sondern überall dort, wo Ungerechtigkeit herrscht.

Glaubt nur nicht, dass eure Banker und Börsianer, die euer Geld und eure Sparguthaben leichtfertig aufs Spiel gesetzt haben mit der Hoffnung, mehr daraus zu machen, jetzt so ohne Strafe aus der Situation herauskommen. Jeder Mensch hat nach jedem seiner Leben Rechenschaft abzulegen für alles, was er getan hat. Nichts, aber auch gar nichts kann ein Mensch machen, denken oder planen ohne das der VATER es nicht mitbekommen würde. Deshalb achtet auf eure Worte und Gedanken! Das Resonanzgesetz wirkt seit Beginn des freien Willens an und es hat den Bumerang-Effekt: Was du Gutes tust, kommt zu dir vielfach zurück, aber auch die negativen Taten, ereilen einen mit vielfacher Kraft, genauso wie der Bumerang zu seinem Werfer zurück kehrt. Aus geistiger Sicht ist es gut, dass das korrupte System jetzt zusammengebrochen ist und für euch Menschen, die einmalige Chance, ein neues, freies, spirituelles Leben beginnen zu können ohne die Unterdrückung durch wenige Anhänger von der luziferischen Energie. Es ist richtig, das die einst liebliche Sadhana, die Erstgeborene GOTTVATERS, welche sich dann von ihm lossagte, ihre eigenen Kinder schuf und sich gegen den Vater stellte. Sie nannte sich dann Luzifer, was eigentlich Lichtbringer bedeutet. Erzengel Michael mit seiner Legion besiegte sie und Sadhana wurde mit ihren Anhängern in dieses Universum verbannt. Zuerst versuchte sie ihre „Machtspielchen" auf dem Planeten Mallona, der aber durch leichtsinnige Handlungsweisen und außer Kontrolle geratene Atomenergien zerplatzte und heute noch als Asteroidengürtel sichtbar ist. Sadhana und ihre Gefolgsleute gingen dann zum Mars und zur Venus und später, als der Mars für ihre Zwecke nicht mehr ausreichend war, auf den Planeten Erde, der einst ein Schulungsplanet gewesen ist. Doch immer wieder zu allen Zeiten inkarnierten hohe Lichtträger auf der Erde, unter ihnen auch die höchsten Erzengel und schafften es so, immer wieder Lichtenergie in das Dunkel auf Erden zu bringen. Auch jetzt sind einige Erzengel inkarniert, um Mutter Erde zu helfen, durch die immer höher werdende Schwingungserhöhung, die dunklen Energien der luziferischen Macht zu durchbrechen und eine hohe fünf dimensionale Schwingung auf eurer Mutter Erde zu verankern, die den Garten Eden wieder auferstehen lässt, das neue Jerusalem als Hauptstadt entstehen lassen wird.

Jetzt bitten wir euch, gezielt heilsame Energien in die Hauptkrisenregionen Naher Osten, Russland, Deutschland, die Vereinigten Staaten von Amerika und Indien zu senden. Ihr seid sieben Menschen und wie ihr ja wisst, ist die sieben eine heilige Zahl.

Ihr wurdet nicht zufällig jetzt hier zu diesem Ort geführt, denn es gibt keinen Zufall. Das Wort Zufall bedeutet, das etwas auf euch zufällt, also beabsichtigt ist. Zwar habt ihr euren freien Willen, aber innerhalb des großen Erlöserplanes vom VATER hat jeder von euch seinen Platz, ist jeder quasi ein Puzzlestück im ganzen Gefüge. Zurzeit verhungern täglich einige tausend Kinder, aber auch das ist so geführt. Jede dieser Seelen wusste vor seiner Inkarnation, was auf ihn oder sie zukommt. Einige tragen ihre Schulden ab. Ihr nennt das häufig Karma. Einige machen es freiwillig, um eine Erfahrung reicher zu sein und andere aus reiner Nächstenliebe. Wenn ihr viele Dinge aus höherer Sicht und mit entsprechender Erklärung sehen könntet und wüsstet, würdet ihr viele Dinge ganz anders sehen und nicht vorschnell urteilen! Auge um Auge, Zahn um Zahn ist der falsche Weg! Vergeben und Nächstenliebe sind die richtigen Wege, die einem helfen, spirituell zu wachsen. Jesus predigte, dass wenn dir jemand auf die linke Wange schlägt, du ihm auch die Rechte hinhalten solltest. Das ist nichts anderes als vergeben und Nächstenliebe zu lehren und zu leben. Wer fest im Vertrauen zum VATER ist, wird immer beschützt sein und es wird ihm nichts mangeln, denn er wird auf grüner Aue geweidet werden

und zum Ruheplatz am Wasser geführt werden. Sein Verlangen wird gestillt und er wird auf rechten Pfaden geleitet, solange er treu zum VATER steht. Auch die tiefste Finsternis wird er unbehelligt überstehen und die beschützende Hand vom VATER wacht immer über ihm. Sehet und wie hier jetzt ein Bibeltext sinngemäß wiedergegeben wurde, so ist es mit allen Dingen. Solange ihr fest im Glauben an den VATER seid, solange seid ihr immer und überall beschützt.
Ihr sollt auch nicht bekehren, sondern lebt den anderen Menschen es einfach vor! Das ist die richtige Art! Vergebung von Sünden kann man nicht erkaufen, wie es die katholische Kirche anbietet. Der Einzige, der euch vergeben kann, ist der VATER selbst! Deshalb achtet auf eure Taten, eure Worte, eure Gedanken und euren Umgang mit allem was lebt!

In diesem Sinne wünsche ich euch viel Kraft für eure vor euch liegende Aufgabe. Wir, eure Schutzengel, sind immer bei euch und helfen euch so weit wir es dürfen. Gott zum Gruß, denn JESUS CHRISTUS ist Sieger! Amen ! Amen! Amen!"

Rüdi atmete erst einmal tief durch, nachdem er dieses vorgelesen hatte.

„So habe ich es durchbekommen. Es hat mich sehr ergriffen!"

Auch Jenny meldete sich zu Wort:

„Ich habe beim Lesen in meinem Herzchakra die warme Energie dieser Worte gespürt und bin ebenfalls ganz berührt!"

Auch die anderen nickten.

Jonas schaute in die Runde.

Lasst uns eine meiner geweihten Wetterkerzen, die mir Rüdi mal angefertigt hat, in die Mitte hier stellen. Wir zünden sie an und dann werden wir gezielt Heilenergie senden.

„Das mit der Wetterkerze hättest du ja auch schon gestern sagen können," meinte Magnus.

„Bin nicht drauf gekommen, sorry!"

Jonas zuckte mit den Achseln.

Magnus schmunzelte.

„Kein Problem!"

Sie setzten sich im Kreis auf den Boden und Jonas zündete die Wetterkerze an.

Gemeinsam fassten sie sich an den Händen und Rüdi betete laut vor:

„Geliebter VATER, wir senden jetzt Heilenergie zu den Krisenherden dieser Welt. Das Licht ist immer stärker als die Dunkelheit und alles wird erleuchtet. Wir senden jetzt in den gesamten nahen und vorderen Orient geballt Heilenergie. Wir bitten jetzt darum, dass alle Menschen, die jetzt auch dort oder dorthin beten, ihre Lichtsendung mit aufgenommen wird zum Heile und Wohle aller Lebensformen. **Jesus Christus ist Sieger. Jesus Christus ist Sieger. Jesus Christus ist der Sieger. Amen! Amen! Amen!"**

Die Gruppe wiederholte „Jesus Christus ist Sieger" und „Amen" auch jeweils dreimal, dann schwieg man und meditierte beim Lichtsenden.

Jenny hatte das Gefühl, dass sie viele Engelenergien inmitten des Kreises wahrnahm.

Rüdi, der dieses bei Jenny bemerkte, lächelte sie an und nickte.

Etwa 10 Minuten saßen sie so da und sendeten Licht- und Heilenergie.

Rüdi war der Erste, der das Wort wieder ergriff.

„Heute Abend senden wir wieder Licht und dann gezielt in die Region Vereinigte Staaten und Europa, würde ich sagen."

Ein mehrstimmiges JA ertönte.

„Soll die Wetterkerze weiter brennen?" fragte Jenny.

„Ich denke, schaden kann es nicht. Nur sollte sie so stehen, dass sie nicht umfallen kann."

Jonas nickte und stellte sie in einen metallenen Käfig.

„Wo hast du den denn her?" fragte ihn Paul.

„Den hab ich mir mal geschweißt. So kann ich unterwegs auch ne Wetterkerze brennen lassen ohne das etwas passiert, weißt du," sagte Jonas und lächelte.

„Alle Achtung, pfiffige Idee!"

Jenny verneigte sich leicht vor ihm, um ihm damit den Respekt zu zollen, den sie für diese Idee hatte.

„Passt schon," Jenny. Is scho recht," lachte Jonas und wuschelte Jenny durch ihr Haar.

Alle mussten trotz der Situation, die auf der Erde herrschte, lachen.

Sagte Jesus nicht, werdet wie die Kinder?

Daran musste Jenny just in diesem Moment denken.

„Komm hol doch mal deinen Laptop raus," sagte Frank.

„Meinst du mich?" fragte Jonas.

„Nein, ich meine Magnus, Entschuldigung, hatte mich blöd ausgedrückt."

Magnus lächelte und griff nach hinten. Der Laptop war schon lange nicht mehr im Jeep. Er hatte die Ledertasche mit dem wertvollen Inhalt natürlich herein geholt gehabt.

„Können wir nicht etwas lesen von dem was du downgeloaded hast?" fragte Jenny.

„Hömma, jetzt nich auch noch du, hömma. Dat heißt heruntergeladen und nich gedownloaded, getz fang du nich auch noch mit dem blöden eingeenglische an, hömma," beschwerte sich „VT" bei Jenny.

„Kein Problem, „VT"," sagte Jenny und grinste breit.

Magnus öffnete den Laptop.

„Denkt daran, mein Lappi hat nur Strom für etwa 60 Minuten. Ich könnte das Diesel Aggregat anwerfen, aber das muss für die Notfälle langen."

„Wie viel Diesel hast du denn da?" fragte ihn Jonas.

„Leider nur noch 20 Liter."

„Ich hab auch noch 20 Liter Reserve dabei, aber vielleicht brauchen wir die ja noch fürs Womo."

Jonas seufzte, als er das sagte.

„Hey du Tüftler, was hätte Mac denn in so ner Situation gemacht?"

Rüdi fragte ihn mit einem süffisanten Unterton.

„Meinst du meinen alten Kumpel Angus MacGyver?"
antwortete Jonas scherzend mit einer Gegenfrage.

„Logo!"

„Tja, ich denke, er hätte irgendwie als Holz, Alu oder Blech
oder so eine provisorische Solaranlage gebaut, um Strom für
den Laptop zu ziehen."

„Wär das denn möglich, du Hobby MacGyver?" fragte ihn
weiterhin Rüdi.

„Ich denke schon. Ich kenn da einen Tüftler im Allgäu, der das
bestimmt hin bekäme. Aber Stopp: Frank ist doch von
Berufswegen her kein Skeptiker, sondern Handwerker, gell?
Und hat doch bestimmt auch Ahnung von Solaranlagen, wenn
ich das noch richtig im Kopf habe."

Frank war überrascht, angesprochen zu werden, aber dann
hatte er sich gefangen und antwortete:

„Ja klar, kenn ich mich mit Solaranlagen etwas aus, aber doch
nur mit echten, nicht mit Bastelobjekten..."

„VT" mischte sich ein:

„Hömma, Alter, so'n Ding zusammen frickeln ist bestimmt nich
so schwer. Streng ma deine grauen Zellen bissken an, woll?"

Frank schaute ihn böse an.

„Ich bin kein Tüftler, das wisst ihr doch. Vielleicht können wir
im Internet ne Anleitung oder so was finden..."

„Grandiose Idee, Frankie," schmeichelte ihm Jenny.

„Das ich da nich selber drauf gekommen bin..."

„Also sollten wir doch Jonas sein Laptop benutzen. Er hat ja ne Salatschüssel auf´m Dach, oder wie das heißt, hömma.“

„VT“ hatte es mal wieder auf den Punkt gebracht.

„Sollen jetzt alle ins kalte Womo gehen, oder ein paar von uns hier bleiben?“ fragte Jenny.

„Ich denke, Rüdi, Jonas und Magnus gehen, die kennen sich wohl am Besten aus.“

Frank hatte das so bestimmt gesagt, dass alle nickten.

„Ich werd ma dat Laptop von Magnus bissken durchforsten, hömma. Bin was VT´s betrifft, Fachmann, hömma.“

Jenny lachte.

Die drei Freunde zogen ihre Wintersachen wieder an und gingen zu Jonas´ Wohnmobil.

„Wie gut, das ich mir noch einen internationalen Internetzugang besorgt habe,“ grinste Jonas.

„Rüdi war so freundlich, mir alles zu entstören, damit ich vom Elektrosmog nicht verstrahlt werde, hihihi,“ lachte er.

„Wie hast du das denn entstrahlt?“ fragte ihn Magnus.

„Ach weißt du, ich war mit Jonas unterwegs und da hatte ich so ne Art Eingebung. Ich hatte noch einige ausgedruckte Schungitbilder dabei und die haben wir überall hingeklebt.“

„Und das reicht aus? Bilder von einem Heilstein?“ fragte Magnus etwas skeptisch drein blickend.

„Siehst und spürst du gleich, wenn der Kasten läuft. Kein Elektrosmog. Sonst würde ich persönlich nämlich am Rad drehen. Ich bin viel zu feinfühlig für Elektrosmog. Ich krieg da voll die Krise, musst du wissen."

„Ah, ja," sagte Magnus und nickte.

Jonas machte die Zusatzheizung, die mit Gas lief, an und bald wurde es von der Temperatur her angenehm im Wohnmobil.

Der Laptop lief bald und es dauerte ein paar Minuten, aber dann hatte Jonas Internetverbindung, als er ein Dachfenster etwas öffnete.

„Sag jetzt nicht, du kannst auf heiklen Seiten surfen ohne das jemand das mitkriegt," meinte Magnus zu Jonas.

„Ach, ich denke, die haben momentan genug zu tun," lachte er.

„Hier schau mal in meinem Lieblingsforum, was da steht."

Die beiden schauten auf den Monitor.

„Ach du grüne Neune! Die schreiben doch ernsthaft, dass die Regierungen der Welt erst am Montag damit herausplatzen wollen, wie bei einer Bombe. Es scheint, als wüssten nur Untergrund Wühlmäuse wie die und wir, was wirklich Sache ist."

„So, als Wühlmaus bezeichnest du mich, hört, hört! Ich bekam meine Informationen aus der geistigen Welt, dass ist doch wohl ein Unterschied und das solltest du dir merken, Jonas!" meinte Rüdi und brummte.

„Alles klar, Alter, war doch nicht so gemeint. Ich meinte ja nur..."

Weiter kam er nicht, denn Magnus zeigte ganz aufgeregt auf eine Textstelle weiter unten.

„Mach das mal auf, Jonas!"

Jonas folgte seinem Wunsch.

„Einführung der neuen Goldwährung geplatzt?" stand da.

„Wie? Was? Wo? Einführung einer Goldwährung?"

Magnus schaute irritiert.

„Jepp, gehört hab ich schon von dem Gerücht, dass die dunklen eine Goldwährung weltweit einführen wollten."

Jonas nickte, als er das gesagt hatte.

„Und zu welchem Zweck, bitteschön?" fragte Magnus irritiert.

„Um alles Gold vom Markt zu ziehen. Wenn „IHR" Gold nur noch Wert hat, wäre alles andere Gold wertlos. So hieß es in der Verschwörungstheorie."

„Und was steht da jetzt im Forum?" wollte Rüdi wissen.

„Da steht," sagte Jonas „das es nicht klappen wird, weil man sich nicht einigen kann untereinander."

„Ah, ich verstehe. Kann es sein, dass die vielen dunklen Vereinigungen jetzt vielleicht untereinander verstritten sind?"

Jonas lächelte, als er das sagte.

„Schon möglich."

Rüdi schaute dabei wie ein zerstreuter Professor.

„Geht dir wieder was im Kopf rum, Rüdi? Du hast schon wieder den „zerstreuten Professor-Blick" drauf. Den kenn ich nur allzu gut bei dir."

Rüdi schaute Jonas jetzt ganz verdattert an.

„Äh, ja, ich war gerade in Gedanken..."

„Das hat man gemerkt. Was für ein Einfall hattest du denn gerade? Oder etwa eine geistige Eingebung?"

Jonas bohrte nach.

„Ja, äh, so ähnlich. Lass mich noch einen Moment darüber reflektieren. Ich bin gleich soweit."

Magnus machte sich wieder bemerkbar.

„Lass uns mal schauen, ob wir was finden, wie man eine Solaranlage mit einfachsten Mitteln bauen kann.

Nach dreißig Minuten waren sie immer noch nicht fündig geworden.

„Ich Depp, ich!" rief Jonas auf einmal.

„Warum fällt mir das erst jetzt ein...oh Mann!"

Die beiden schauten Jonas an.

„Ich hab doch alles dabei, darf doch nicht wahr sein, dass ich da jetzt erst drauf komme..."

Dann drehte er sich um und griff in einer Schrankklappe zu einem Rucksack.

Er holte eine Photovoltaik Matte für den mobilen Einsatz heraus.

Er zeigte es den anderen und las, was auf der Matte stand:

„34 Watt Peak, zusammenfaltbar und als 2 kg Paket in jeden Rucksack zu verstauen. Ob arbeiten am Strand, im Gebirge oder auf einer Expedition, die ideale Stromversorgung."

„Junge, wo hast du das denn jetzt her?"

Rüdi´s Frage war mehr als berechtigt.

„Ach wisst ihr, dass ist eine längere Geschichte. Ich kriege noch Geld von so´nem Typen. Der konnte aber nicht zahlen und gab mir dafür dieses Solar Teil. Hatte es total vergessen. Ist schon einige Zeit her. Gut, das mir das jetzt eingefallen ist. Wenn das Wetter mitspielt, ist unsere Internet Verbindung geritzt."

Sie gingen gleich ins Blockhaus, um die gute Nachricht mitzuteilen.

Dass die Freunde laut jubelten, versteht sich von selbst.

Eine Stunde später ließ Magnus über seinen Laptop noch irische und schottische Musik laufen, sehr zur Freude von Rüdi, Jonas und Jenny, die gleich dazu anfingen, ausgelassen zu tanzen um sich ein wenig abzulenken.

Man gönnte sich einfach noch diese Freude.

Sie wussten ja nicht, was in den nächsten Tagen auf sie zukam.

„Hört mal, Leute," meinte Jenny, als sie aufgehört hatte zu tanzen.

„Ich habe bei Magnus auf dem Laptop eine Anleitung für einen Hobokocher gefunden. Den sollten wir nachbauen. Man kann ihn bestimmt gebrauchen."

„Hobokocher?" fragte Paul.

„Was ist das denn, bitte schön?"

„Das ist ein ganz primitiver Kocher, wie ihn die Hobos benutzten."

Jenny strahlte, während sie das erzählte.

„Sagst du mir jetzt auch noch, was Hobos sind?" wollte Paul noch wissen.

„So ne Art Tramps, die damals durch Amerika zogen. Quasi diese Typen die Woody Guthrie besungen hat und wohl auch Bob Dylan. Die haben einfach ne Blechdose genommen, oben seitlich Löcher reingemacht, damit der Rauch abziehen kann und dann Feuer und Kohle oder so in dem Blecheimer entfacht und oben ihren Kochtopf drauf gestellt. Das war es eigentlich."

Jenny hatte es so gut erklärt, wie sie konnte.

„Das wollt ihr bauen, im Ernst?" fragte Paul und schüttelte den Kopf.

„Warum denn nicht?" meinte Jonas.

„Ist doch ne coole Idee. Wer weiß, vielleicht brauchen wir so ein Teil noch. Hähä, Jenny hat zwei Dosen Eintopf mitgenommen. Diese Dosen eignen sich bestimmt als Feuertopf, sozusagen."

Alle mussten lachen, sogar Paul.

„Aber bitte erst morgen, heute wird noch etwas im Internet gesurft. Wir sollten den klaren Himmel nutzen. Für Solarenergie braucht man nicht unbedingt Sonne, es geht auch ohne."

Magnus hatte kaum den Satz beendet, als er sein Laptop nahm und die Musik stoppte.

Jetzt war Recherchieren angesagt!

Er durchforstete seine e-Mails, ob eventuelle Neueingänge zu verzeichnen waren.

Tatsächlich! Eine neue Mail war gekommen.

Augenblicklich öffnete er sie und stutzte.

„Könnt ihr mal kommen? Ich hab da eine sehr interessante Mail bekommen, von einem VT Freund aus den USA.

Ich übersetze mal sinngemäß was er schreibt, ok?"

„Hört, hört! Ein VT Freund... „Kriegt unser „VT" also Konkurrenz?" lachte Rüdi

„Hömma, also..." meckerte „VT".

„Ich übersetze jetzt, hört also bitte zu," sagte Magnus und begann:„Also, hier steht, dass man Gold hervorragend auf jeder Flucht mitnehmen könnte und der Goldpreis um mehr als 150% gestiegen sei. Das wäre zwar mit anderen Rohstoffen auch so, doch ist Gold eben nicht irgendein Produkt wie jedes andere, sondern eine harte Krisenwährung, wie Silber mittlerweile auch. Es gibt massive Lieferengpässe und der Preis wird bewusst niedrig gehalten, damit nicht jeder sein Geld von der Bank abzieht und es in Gold investiert. Aber Gold und Silber sind die einzigen Währungen, die sich halten, schreibt er. Ein Indiz ist auch, sagt er, dass die Menschen nicht in die schon bekannten Freigeldexperimente ausweichen würden, die es ja schon recht zahlreich gibt, da auch diese als überhaupt nicht sicher angesehen werden, im Gegensatz zu Gold und Silber. Und da Gold und Silber krisensicher sind, ist genau das der Grund, warum in Diktaturen der Privatbesitz von Gold untersagt ist, hört, hört. Ich übersetze weiter: Beispielsweise wurde im Kommunismus unter Mao und auch im dritten Reich der Privatbesitz von Gold verboten oder ganz stark eingeschränkt, denn Gold und mittlerweile auch Silber bedeuten für die Menschen eine wirtschaftliche Unabhängigkeit und damit natürlich auch eine persönliche Freiheit! Das ist etwas, das die Diktaturen aller Völker und aller Epochen fürchten wie der Teufel das Weihwasser."

„Das kann ich mir lebhaft vorstellen!"

Jenny sagte dieses so spontan dazwischen, dass Magnus stockte und einen Moment inne hielt.

Dann schaute er im Kreis herum. Keine sagte etwas.

„Ich fahre mit übersetzen fort," meinte er dann. Hier steht doch glatt: es könnte sein, dass ein allgemeines Verbot für den Besitz von Gold geben könnte, echt heftig! Es waren aber nicht nur die roten und die braunen dunklen Kräfte, welche eben zitiert wurden, die den Menschen den Besitz von Gold verboten haben. Auch in den 30er Jahren während der Weltwirtschaftskrise hat es so etwas schon gegeben und zwar in den Vereinigen Staaten. Dort wurde ein Goldverbot eingeführt. Ah ja, hört, hört! Alle Bankschließfächer wurden dabei versiegelt und amtlich geleert und alle Bürger hatten ihre zu Hause gebunkerten Goldstücke und dergleichen abzuliefern, sonst gab es ne saftige Strafe! Alter Schwede, dass ist ja der Hammer!"

Rüdi meldete sich zu Wort:

„Also war das eine dreiste Klauaktion. Dem Bürger wurde alles geklaut! Sein mühsam erspartes, einfach futsch! Frechheit!"

„Moment, Rüdi, ich übersetze weiter:

Man schätzte, dass damals aber nur etwa ein Viertel der Bevölkerung tatsächlich ihre Wertgegenstände rausrückten.

Klar, würd´ ich auch nicht tun, wenn ich welche hätte."

„Ein Bekannter von mir hat gesagt, er hatte seine Goldmünzen vergraben. Überlegt mal, wie leichtsinnig das ist," sagte Paul.

„Klar, wenn du ein Aufspürgerät für Münzen hast und weißt, wo du suchen musst, schon," schmunzelte Jonas.

„Hömma, Alter, dat is doch simpel zu verstecken, du kannst doch nich ganz Deutschland nach Gold absuchen, hömma."

Rüdi schaute „VT" an.

„Man muss sich nur den Ort gut merken, sonst gibt es unter Umständen Probleme."

Jonas schaute „VT" an.

Hör mal „VT", heutzutage kann man da doch bestimmt viel mehr machen, oder? Man kann die Konten der Leute ausspionieren, es gibt eine totale Telefonkontrolle und auch das Internet ist nicht mehr sicher. In vielen Ländern wie England, sind doch überall in den Städten Überwachungs-Kameras installiert. Big Brother lässt nett grüßen! Ich schätze, ein effektives Goldverbot wäre heute viel wirksamer durchzusetzen als damals vor 75 Jahren. Wenn das Verbot da wäre, könnte man Gold und eventuell Silber nur noch auf dem Schwarzmarkt zum Tauschen nehmen und ich würde es mir dreimal überlegen, ob ich eine Goldmünze gegen ein Brot tauschen würde…"

„Warten wir es ab, wenn der Hunger groß genug ist…" schmunzelte Rüdi ihn an.

Jonas schluckte zweimal und sprach dann weiter.

„Da ich keine Goldmünzen besitze, komme ich glücklicherweise nicht in die Situation, mir so ein Horrorszenario vorzustellen."

„Ich hab gehört, die Ölmultis wollen Öl nur noch in Euro und nicht mehr in Dollar sich bezahlen lassen, stimmt das wirklich? fragte Frank.

„Geplant war es jedenfalls," meinte Jenny.

Jonas räusperte sich und schaute in die Runde.

„Darf ich?" fragte er.

Niemand sagte etwas Gegenteiliges.

„Ich hab da mal ein Gespräch zufällig in der Bahn mit-bekommen, als sich zwei Banker oder so Management Typen zwar diskret unterhielten, aber ich mit meinen Luchsohren hab jedes Wort verstanden. Schade, dass ich kein Diktiergerät dabei hatte, trotzdem kann ich das Gespräch in etwa wiedergeben, wenn ihr es hören wollt."

Es gab ein einstimmiges Bejahen.

„Also, die beiden unterhielten sich interessanterweise über das horten von Gold! Sie meinten, es wäre absolut fraglich, wie viel Gold und auch Silber die Deutschen an sich überhaupt horten würden und vor allem, wer das tut und warum. Seit geraumer Zeit würden im Internet auf einschlägigen Seiten der Goldverkauf und der Goldeinkauf beobachtet. Etwa seit 2006, meinte der Eine der beiden. Er hatte dann ein fettes Grinsen im Gesicht und meinte, dass nicht alle Hartz IV Empfänger so mittellos seinen, wie sie täten und hätten ihre Schäfchen längst im Trockenen, sprich: ihr Barrengold längst in Sicherheit gebracht. Der hat tatsächlich Barrengold gesagt. Ich habe danach direkt recherchiert, was eine Unze Gold als Barren kostet. Haltet euch fest, damals waren es 650 Euro und ich denke, der Preis ist weiter gestiegen! Doch zurück zu unseren beiden „Juppies": sie meinten, dass der Mittelstand langsam aber sicher immer mehr verarmen würde, wie es schon zu Zeiten des Ersten Weltkrieges damals war. Auch das hab ich später recherchiert. Es stimmt tatsächlich! Viele hätten ihr erspartes Geld angelegt, weil die Regierung öffentlich behauptet hatte, dass die Spareinlagen der Leute sicher seien. Die beiden haben sich danach schier kaputt gelacht! Und jetzt kommt´s: der eine fing plötzlich an zu flüstern und ich musste mich echt anstrengen, um noch alles zu verstehen: Er meinte, dass alle Spargeld Einlagen und die Gelder der Versicherungen nicht sicher sind! Ich hörte dann noch, wie sie sagten, dass ein Goldverbot eingeführt werden wird, um auch an diese Ersparnisse heranzukommen. In deren Augen ist man wohl nur eine Melkkuh, oder was?"

Jonas war richtig wütend geworden.

„Ok, ich hörte noch kurz weiter zu: Man regiert die Menschen ganz einfach, sagte der Größere der beiden: Mit Angst, Dummheit und einer immer stärker zunehmenden Armut. Dieses sei das wichtigste Herrschaftsprinzip seit dem Ende des kalten Krieges. Aber der Oberhammer kommt jetzt: Der größere der beiden meinte, es wäre am Geschicktesten, wenn vor einem Goldverbot eine Enteignung der Sparguthaben und der angesparten Versicherungsguthaben, speziell aus Lebensversicherungen, passieren sollte. Ich war kurz davor, in das Abteil zu gehen und beiden eins über zu braten für diese Unverschämtheit!"

Jonas war jetzt sehr in Rage! Er musste sich erst einmal wieder beruhigen!

„Vielleicht kann man auch was Gutes daraus ziehen, Jonas!"

Rüdi schaute ihn an.

„Und was, bitte schön?"

„Nun, durch die Finanzkrise wächst die Armut Hand in Hand mit Angst vor der Zukunft oder einem Krieg. Die Menschen sind mittlerweile schon so gehirngewaschen, seit sie immer in den „Affenkasten", sprich Fernseher gaffen. Als hellsichtiges Medium und Heiler bekomme ich ja vieles mit. Ich sehe beispielsweise, wie während der Werbung gezielt versucht wird, die Gedanken der Leute, die in die Glotze schauen, zu beeinflussen. Heftig ist das nachts, das kann ich euch sagen! Ich bin mal eingeschlafen vor der Kiste, als ich ausnahmsweise mal eine interessante Doku auf einem der Dokukanäle sehen wollte. Ich wurde wach und da kam meiner Meinung nach nur Mist im TV. Ich drückte auf den falschen Knopf auf der Fernbedienung und anstatt auszuschalten, war ich auf einem anderen Kanal. Da gab es Schmuddelwerbung mit so ner 0180er Nummer oder so was, ich weiß nicht mehr. Jedenfalls war ich noch in der Tetraphase, also halb am Schlafen, als ich merkte, wie diese dämonischen Energien versuchten, aus dem TV auf mich über zu springen. Glücklicherweise war ich sofort geistesgegenwärtig da und sagte sofort mehrfach: „Jesus Christus ist Sieger." Das dämonische Wesen konnte nicht zu mir überspringen, sondern prallte an meiner Aura ab und ich packte es geistig und setzte es in eine geistige Lichtsäule und bat GOTTVATER, das ER entschied, was mit dem Wesen passierte. Dann war ich richtig wach und schaute an, was passierte, wenn ich eine Scheibe aus Licht vor den Flimmerkasten geistig setzte. Nichts passierte mehr, als ich die Scheibe aktivierte und laut darum bat, dass nur positive Energien noch den Fernseher verlassen dürfen und alle Negativen gleich über eine Lichtsäule, die ich auch über dem TV installiert hatte, ins Licht zur Umwandlung geschickt wurden. Ich hab euch jetzt diesen kurzen Fall geschildert, um zu zeigen, auf was für ein waghalsiges Spiel die Menschen sich da einlassen, wenn sie sich tagein und tagaus berieseln lassen. Was kommt denn überwiegend in den Nachrichten? Genau, negative Dinge. Auch in den täglichen News Magazinen auf den verschiedenen Sendern kommen überwiegend negative Schlagzeilen.

Kein Wunder, das die Menschen Schwierigkeiten haben, positiv zu denken. Und kommt mal eine positive Ankündigung, dass beispielsweise Außerirdische sich an einem bestimmten Tag zeigen wollen und passiert das dann nicht, bricht entweder ihr Weltbild zusammen oder über die so genannten Esoteriker und Ufo Spinner wird nur noch müde gelächelt und viele getrauen sich nicht mehr, über ihre spirituelle Denkweise zu sprechen. Eine Freundin von mir, eine vegetarisch sich ernährende kluge Frau, zog ihre Kinder auch aus Überzeugung vegetarisch auf. Das ging bis zur Pubertät gut, als die Kinder auch Kochen in der Schule hatten. Sie wurden als „Müslifresser" und „Grünzeugfresser" gehänselt und fingen dann an auch Fleisch zu essen, nur um nicht mehr gehänselt zu werden. In was für einer Gesellschaft leben wir denn eigentlich?"

„Toller Vortrag, Rüdi, aber deine Ankündigung war eine andere," schmunzelte Jenny.

„Ach ja, richtig. Ich hab mich hinreißen lassen, Entschuldigung! Ja, es ist übrigens so und da muss ich noch mal kurz abschweifen um den Hintergrund vorzuholen, der uns leider immer wieder vorenthalten wird. Ein Bekannter erzählte mir, dass die so genannte Klimaerwärmung eine ausgemachte Lüge ist und wir diese Perioden immer schon auf der Erde haben und dieses beweisbar ist!

Hört, Hört! Dachte ich mir und forschte nach. In der Tat gab es im Mittelalter schon mal eine ähnliche Konstellation wie heutzutage. Übrigens, die Pole waren nicht immer schneebedeckt, nein, nein!

Einen interessanten Hinweis darauf gab mir ein schottisches Traditional, dass ich mal im Autoradio hörte und mitsummte. Plötzlich stutzte ich und achtete genauer auf den Text.

Natürlich! Das war des Rätsels Lösung!

Der Song heißt: „Greenland Whale Fisheries" und in dem Song geht es darum, dass vor Grönland von den damals armen schottischen Fischern ein Wal gefangen wurde, damit sie über den Winter kommen. Aber mir geht es jetzt nicht um den Wal, dass er gejagt wurde, sondern um das Wort Grönland: Es heißt im englischen GREENLAND!

Versteht ihr? Grünland!

Also war Grönland nicht immer von Eis und Schnee bedeckt, sondern einmal grün!

Mein Forscherdrang brach durch und ich recherchierte einige Tage. Aber nicht mit der größten Suchmaschine, denn die ist auch unterwandert, sondern mit kleinen Suchmaschinen. Es dauerte etwas länger, aber ich hatte Erfolg.

Die Erde macht immer wieder zu gewissen Zeiten Zyklen durch. Kaltphasen und Warmphasen. Auch alte Überlieferungen las ich dazu.

Als die ersten Wikinger Amerika entdecken, es war etwa vor 1000 Jahren, war Grönland noch grün. Das steht in den Überlieferungen.

Auch soll zu Zeiten von Atlantis und Lemurien die Erde eisfrei gewesen sein.

Ich recherchierte weiter und fand heraus, dass die ganze Klimawandel – und Ozonlüge nur mit Profit und nichts anderem zu tun hat.

Es ist eine einzige Volksverdummung, was da abläuft! Wenn es nach denen geht, musst du wahrscheinlich bald schon Steuern zahlen, wenn du die Atmosphäre schädigst, weil du vielleicht zuviel Bohnensuppe gegessen hast und dir ordentlich Winde abgehen…"

Ein heiteres Gelächter ertönte.

„VT" konnte jetzt nicht mehr an sich halten.

„Also, in meiner Heimat, hömma gibbet ein altes Sprichwort: Erbsen, Bohnen, Linsen – bring den Arsch zum Grinsen, hähä."

„VT" kugelte sich vor Lachen über seinen eigenen Witz und auch Frank und Paul schmunzelten.

„Nur Fäkaliensprache, schäm dich, „VT"," schimpfte Jenny.

„Jetzt haben wir ausgiebig geschmunzelt und kommen wieder zu den positiven Dingen der Katastrophe, welche du uns nennen wolltest, Rüdi," sagte Jonas in seiner charmanten Art und Weise.

Das war es doch, Freunde! Das man jetzt aufwachen kann und nicht weiter für dumm verkauft werden sollte!"

„Ja, aber es gibt weitere Dinge die zu beachten sind," bemerkte Jonas an.

„Und zwar?" meinte Frank.

„Ja, wenn wir Pech haben und damit meine ich die deutschen Landsleute, nimmt man ihnen ein weiteres Mal die kompletten Ersparnisse weg? Ihr wisst schon : Währungstausch 1:10 und dergleichen…

„Ich habe gehört, dass konkrete Hinweise auf eine bevorstehende Enteignung schon geplant sind, denn derzeit wird ja die Verstaatlichung von den meisten Banken geplant. Kam sogar teilweise schon im Fernsehen, wenn man zwischen den Zeilen lesen kann. Das träfe natürlich auch große Versicherungen. Der Hammer ist jedoch, dass die versuchen, die Verstaatlichung der Banken soweit voranzutreiben, bis sie mehr als 50% jeder Bank besitzen und dann bestimmen können, was geschieht. Raffiniert wäre dann der nächste Schachzug, sagte ein befreundeter Banker, der den vollen Durchblick hat, zu mir, dass die dann die Sparguthaben durch Staatsanleihen ersetzen würde, was zur Folge hätte, das die Inhaber solcher dann wertlosen Anleihepapiere nicht nur ihr ganzes Geld verlören, sondern auch ihre teilweise ganze Alterssicherung und somit oft auch ihre Existenz. Sie hätten dann, wie er es so treffend ausdrückte, die „Arschkarte" gezogen, sozusagen den „schwarzen Peter". Er sagte noch, er könne mit gutem Gewissen niemandem mehr etwas „andrehen" und überlegte ernsthaft, seinen Job hinzuschmeißen. Nur, wo sollte er was anderes finden, was er mit seinem Gewissen vereinbaren könnte. Diese Situation ließ ihn schnell graue Haare bekommen, sagte er.

Die Situation ist schon sehr angespannt und ähnlich brodelnd, wie sie vor dem zweiten Weltkrieg war. Die meisten Menschen lassen sich leider durch Angst, Armut, Naivität aber auch teilweise extreme Dummheit in Bahnen und Richtungen lenken, welche ihnen die dunkle Seite bewusst vorgibt. Aber es gibt glücklicherweise eine Vielzahl von Lichtarbeitern, die den Durchblick haben und auch das Internet ist nicht zu unterschätzen! Es hilft weltweit den Menschen Botschaften in Sekundenbruchteilen über die Welt zu verbreiten. Viele erwachen und lassen sich nichts mehr gefallen und schließen sich zusammen, denn nur gemeinsam ist man stark!"

„Wow! Der Banker hat diesbezüglich die gleiche Einstellung wie wir," schmunzelte Jenny.

„Leider gibt es von dieser Sorte viel zu wenig."

Ein zustimmendes Nicken gab es dafür.

„ Mein Bankerfreund sagte noch, dass seit dem 11.September 2001 und dem nachfolgenden so genannten „Krieg gegen den Terror" plötzlich Einschränkungen in den bürgerlichen Freiheiten und Überwachungsmechanismen in Windeseile durchgesetzt wurden, von denen einst nicht einmal die Staatssicherheit der DDR hätte träumen können. Big Brother war absolute Realität geworden! Aber im Gegenzug wurden die Menschen glücklicherweise immer misstrauischer. Die VTs wurden mehr und mehr... Man ließ sich kein „X" für ein „U" mehr vormachen. 9/11 wurde akribisch hinterfragt und so wie man ein Puzzle löst, wurden auch hier alle Ungereimtheiten nach und nach zusammengetragen und es kam alles ans Tageslicht: Es war eine einzige große Inszenierung! Dass die Türme gesprengt wurden, wird vielleicht nie zugegeben werden, aber in den Herzen der meisten Menschen ist es längst Wahrheit und deshalb traut kaum noch jemand der amerikanischen Regierung mehr. Der gläserne Mensch wird leider immer mehr zur Wirklichkeit, dass ist die Schattenseite der Medaille. Wusstet ihr, dass es an den meisten großen amerikanischen Flughäfen einen Scanner gibt, der gestochen scharfe Nacktaufnahmen der Menschen macht, von der Radioaktivität durch die Röntgenstrahlen ganz zu schweigen..."

„VT" mischte sich ein.

„Hömma, Alter, dat is ja der Hammer. Stellt euch ma vor, da hat einer so'n klitzekleinen oder so'ne Superbraut mit riesigen Dingern wird da gescannt...Ich könnte mir vorstellen, dat sich die Beamten da um den Job reißen."

„Typisch Chauvi," brummte Jenny.

„Du siehst bestimmt auch lecker darunter aus, hömma," grinste „VT" und zog Jenny auf.

Die merkte das Frotzeln nicht und ging fast hoch wie das HB Männchen in den 60er Jahren.

„Oh, du...du...Lustmolch. Na warte! Dir helfe ich, du!"

Dann sprang sie auf und warf das Sitzkissen Richtung „VT".

Als aber alle sich den Bauch vor Lachen hielten, merkte Jenny auch, dass sie nur hochgenommen worden war.

„Männer, typisch..." sagte sie nur brummend.

„Also, ich finde das sehr beängstigend, was da abläuft," meinte Frank.

„Deshalb sollten wir gezielt was dagegen tun und nicht maulaffenfeil halten," meinte Rüdi.

„Ich denke, heutzutage muss man fast schon Verschwörungstheoretiker sein oder sich benehmen wie die drei Äffchen: Nichts hören wollen, nichts sehen wollen und nichts sagen wollen."

Magnus grinste, als er das sagte.

„Meinst du, Magnus," dass es viele VTs wie uns gibt?" fragte Jenny.

„Ich denke," antwortete er,

„dass es mindestens 10 Millionen sind, es können auch 20 – 30 Millionen sein. Vielleicht kann Rüdi diesbezüglich mal die geistige Welt fragen, ob die uns Antworten auf unsere Fragen gibt."

Rüdi nickte.

„Nachher. Aber ich muss erst die richtige Schwingung zum channeln haben. Das klappt meistens nicht von jetzt auf gleich. Guter Schutz und einer richtige Absicherung sind absolut wichtig, sonst kann es vorkommen, das man die falschen an der Strippe und dann oft auch am Hacken hat."

„Ist dir das auch schon passiert?" fragte Paul.

„Jepp! Einmal, aber bewusst! Da hat es die geistige Welt bewusst zugelassen, damit ich in mir den Unterschied spüre. Glücklicherweise war das damals Anfang der 90er Jahre nur wenige Augenblicke."

„Das heißt, man hat dich bewusst für kurze Zeit unter Kontrolle besetzen lassen?" fragte Jenny nach.

„Ja, so war es! Aber dadurch bin ich jetzt auch in der Lage, Menschen zu helfen, die besetzt sind, weil ich das Gefühl selber am eigenen Leib spüren durfte."

„Echt heftig! Alle Achtung!"

Frank, normalerweise Skeptiker seines Zeichens, machte eine leichte Verbeugung.

„Wollt ihr noch survivalmäßig etwas lernen?" fragte Jonas.

„Ich hab da gerade wieder so ne Idee, die meines Erachtens nach wichtig ist!"

„Au ja, wäre echt super," freute sich Jenny.

„Moment, ich hab da noch was. Das habe ich vor kurzem irgendwo gelesen. Ich gebe es mal so wieder, wie es mir noch in Erinnerung ist, ok?" sagte Rüdi.

„Also, ihr Lieben. Ich weiß nicht, wie weit das schon zu euch durchgedrungen ist, aber ich hab nähere Informationen über den Amero gehört und die möchte ich euch nicht vorenthalten. Der Amero ist nämlich kein Phantasieprodukt, sondern unangenehme Realität! Bisher galt es als reine Verschwörungstheorie. Aber das kennen wir ja schon, die meisten VT´s sind leider Realität bzw. Realität geworden. So wie wir in die Europäische Union damals gezwungen wurden, soll bald eine Nordamerikanische Union gegründet werden, die die Vereinigten Staaten von Amerika, Kanada und Mexiko zum so genannten NAU zu verbinden und haltet euch fest: Geplant war es schon 2009 oder 2010. Krass, nicht wahr? Auch die NAU würde den Handel unter den drei bisher selbständigen Staaten sehr erleichtern. Natürlich müssten viele Arbeitskräfte zu Dumpingpreisen arbeiten, wie bei uns die 1 Euro Jobs und wie bei uns soll auch dort die Mittelklasse minimiert werden. Denkt daran, auch die EU fing damals als ein wirtschaftliches Bündnis an...

Vergesst nicht, dass die USA so hoch verschuldet ist, dass diese Schulden wohl nie mehr zu tilgen sind, finde ich. Da der Dollar im freien Fall ist, wäre es also wesentlich schneller und günstiger, einfach eine neue Währung einzuführen, die man dann so quasi wie ein Zauberer aus dem Ärmel schüttelt. Der Bevölkerung tischt man dann vorgefertigte Lügenmärchen auf, die so wunderbar verpackt werden, dass die Mehrheit sie ohne Probleme auch annimmt. Dabei wird dann der Bevölkerung gesagt, dass das die einzige Möglichkeit darstellt, um den Dollar sich erholen zu lassen. Sie würden dann mit der Tauschaktion 1:10 oder so dann genauso betrogen werden, wie wir Deutsche und die DDRler, sogar schon zum zweiten Mal in kurzer Zeit. Ich hoffe, wie viele andere auch, dass sich die Amerikaner das nicht gefallen lassen. Also, meiner Meinung nach wurde das Geheimnis des Amero deshalb so lange geheim gehalten, damit es nicht im Vorfeld scheitern sollte. Nur vereinzelte VT Wühlmäuse haben dann einzelne Bruchstücke nach und nach erfahren. Wie gesagt, dass was ich euch gerade sagte, sind auch nur Verschwörungstheorien, aber die meisten VTs wurden leider Realität!"

„So? Amero geheim? Ich darf mal lachen, ja?" sagte Magnus.

„Schaut doch mal, was ich da für nette Bildchen auf meinem Laptop gespeichert sind. Amero Münzen, die man beim größten amerikanischen Auktionshaus kaufen kann und zwar druckfrisch sozusagen. Ich such sie mal raus, Moment."

„Was? Du hast Infos darüber? Klasse! Nur raus damit!" freute sich Jonas.

„Ich möchte dazu auch einmal meine Meinung sagen," mischte sich jetzt Jenny ein.

Da keiner etwas dagegen hatte, fing sie an:

„Ich denke, dass die dunkle Seite noch einmal volle Pulle Gas gibt, weil sie merken, dass ihnen der Hintern unten zu heiß wird. Die wissen genau, dass das Licht immer stärker wird. Den schwimmen die Felle weg. Ich war mal auf einem Vortrag und die Seminarleiterin hat es kurz und bündig auf den Punkt gebracht: Sie meinte, dass man das Finanzsystem der USA mit einem 12 Zylinder Truck Motor vergleichen kann. In guten starken Zeiten läuft er auf 12 Zylindern und braust durch das Land. In mageren und katastrophalen Zeiten wie im Augenblick, läuft er aber nur auf 3 oder 4 Zylindern und kann gerade noch fahren. Aber Leistung bringt er kaum noch. Und auch mit diesen 3 oder 4 Zylindern kann er nicht ewig fahren, irgendwann in kurzer Zeit bleibt der riesige stolze Truck trotz seiner 500 PS stehen. Versteht ihr, was ich meine. Dieser riesige Truck sind die Vereinigten Staaten. Und ich denke, dass ist der Denkfehler der dunklen Seite, Freunde!
Ich hörte von einem Medium, nein nicht du Rüdi, ich kenne noch andere; dass die dunkle Seite ziemlich untereinander verstritten sein soll. Es scheint so, als ob der Eine dem Anderen nicht das Butterbrot gönnt. Hey, das ist doch unsere Chance!
Kommen wir noch einmal zu dem riesigen Truck zurück. Er fährt auf einer Strecke die bergrunter geht noch recht gut, auf gerader Strecke hat er mit seinen vielen Zylinderproblemen schon große Sorgen und als es dann bergauf geht, da wird es dann dramatisch! Er kann soviel Gas geben wie er will, der

riesige Truck bringt die Leistung einfach nicht mehr, versteht ihr? Durch das viele Gas geben, leiden die wenigen Zylinder immer mehr bis der Totalschaden kommt! Dann ist die gesamte Maschine verreckt. Die Seminarleiterin meinte damit die komplette Wirtschaft der Amis.
Also: Was würde es denn eigentlich bringen, den Amero einzuführen?
Sie sagte, das wäre so, als würde man einen gebrauchten 12 Zylinder Motor in den riesigen Truck einbauen, der auch schon beschädigt ist und nur noch begrenzte Zeit läuft.
Übrigens, haben die auch schon den GLOBO als zentrale Weltwährung geplant, wusstet ihr das schon?
Jetzt denke ich, wenn sie ohne die Währung GLOBO einzuführen die alten Währungen lassen würden, könnten die den Menschen doch auch jedem eine gewisse Summe zur Verfügung stellen, damit es wirtschaftlich bergauf geht, oder?
Ich sehe halt immer noch das Gute in allen Dingen, bin wahrscheinlich zu sentimental."

„Ich sehe es so, Jenny," sagte Paul.
„Die Amerikaner sind pleite. Es nützt nichts, den Dollar abzuschaffen und den Amero einzuführen. Meines Erachtens nach, hat es die dunkle Seite zu stark übertrieben und wie du eben sagtest, sind sie sich glücklicherweise nicht einig und verfolgen nicht das gleiche Ziel zusammen! Sie ziehen jeder an einem Strang, aber in verschiedene Richtungen, denke ich und deren unerschöpfliche Gier, dass jeder alles will, ist doch unsere Chance!
Ihr kennt doch das Sprichwort: „Säge nie an dem Ast, auf dem du sitzt." Und ich glaube, in so einer Position ist die dunkle Seite derzeit."
„Klasse, Paul. Das hast du gut erkannt!
Jonas war begeistert!
„Hoffentlich wissen die das nicht, sonst ziehen sie nachher zusammen…"
„Ich weiß nicht, wohl kaum. Jeder will die totale Macht!"

Rüdi hatte Tacheles gesprochen!
„Ich denke, es kommen demnächst Zeiten auf uns zu und das vielleicht schon sehr bald, wo die Leute weltweit auf die

Straße gehen und protestieren oder wie ich es in den hitzigen südländischen Ländern befürchte, gleich plündern gehen und die Straßenkämpfe beginnen.
Ob da jetzt der Amero oder GLOBO eingeführt wird, ist eigentlich egal, solange die Menschen Hunger haben.
Das Resonanzgesetz funktioniert hier aber ebenso wie im Geistigen, ist meine Meinung, denn je stärker die dunkle Seite das Volk zu unterdrücken versucht, je stärker brodelt es in ihnen und irgendwann explodieren sie, wie ein Vulkan!
Und jetzt kommt´s: Wird zu diesem Zeitpunkt dann noch die eine Weltwährung wie der GLOBO eingeführt, denke ich, dass sich der aufgestaute Druck immer stärker erhöht, weil dann alle merken, dass sie betrogen werden von der Regierung, hinter der die dunkle Seite steht. Dann geht es auf einmal auch den so genannten Besserverdienenden schlecht, die es nie wahrhaben wollten. Stellt euch jetzt mal vor, dass die dunkle Seite dann den Umtausch der Guthaben 1 : 10 wie Jenny eben sagte, rechnet, die Schulden aber nur 1:1.......oder so ähnlich. Wisst ihr, was dann los ist?
Ich hoffe, und gehe auf deinen Vergleich von eben noch einmal ein, dass der riesige Truck möglichst schnell und lange einen Motorschaden hat, versteht ihr was ich meine?“
Rüdi zwinkerte in die Runde.

“Es wird eine Zeit kommen, ihr Lieben,“ orakelte Jonas,

„da wird das indianische Sprichwort Wahrheit werden.

Wie war das noch?
Erst wenn der letzte Fluss vergiftet ist, der letzte Baum gefällt und der letzte Fisch gefangen wurde, werdet ihr Menschen merken, dass man Geld und Gold nicht essen kann, oder so ähnlich heißt es wohl.“

„Sehr war, Jonas.“

Jenny klatschte in die Hände.
„Den Spruch hatte ich früher auf meinem Auto.“
„Dann wird den Menschen auf einmal klar, dass Geld eigentlich gar keinen Wert in diesem Sinne hat, sondern nur

einen festgelegten Fantasiewert durch die dunklen Mächte,"
ergänzte Rüdi.

„Es sollte ein völlig neues System in Kraft treten, das solche
Abzocker Methoden und andere Beschiss Manöver komplett
verbieten und absolute Obergrenzen für Gehälter, Provisionen
und andere finanzielle Zahlungen vorschreibt, sodass
Fußballer, Manager oder Spekulanten nicht unendlich viel
Kohle einschieben können. Aber der wichtigste Punkt ist doch
der und da sind wir uns wohl alle einig: keine Zinspolitik mehr!
Aber dann wären wir beim Freigeld wie damals in Wörgl in
Österreich. Das klappte sehr gut, bis es verboten wurde."

Franks Meinung war sehr sinnvoll, fand Jonas.

„Das glaube ich nicht, dass das den raffgierigen Bankern
genügt," meinte Paul.

„Wenn man jetzt die Menschen vorwarnen würde, gäbe es
bestimmt einen Großteil, der sein Geld in Dinge investiert, die
ihm nicht weggenommen werden, also ein neues oder
gebrauchtes Auto, einen Wohnwagen, einen neuen Fernseher
oder sich fett eindecken mit Klamotten und Lebensmittel."

Jenny hatte das so schnell gesagt, dass alle erst einmal
stutzten.

Dann stand Magnus auf und hielt sein Laptop hoch.

„Die Diskussionen bringen nichts. Schaut mal, hier hab ich ein
paar Bilder vom Amero. Die VTs treffen hier auch zu. Der
Adler, der auf der Weltkugel thront und das A ist wie eine
Pyramide gehalten mit einem Kreis drum. Ich bin bedient,
danke schön!"

„Ich möchte noch einmal auf die Amis zurückkommen," sagte Rüdi.

„Die Amis haben doch Millionen von Schusswaffen. Irgendwie spielen die doch immer noch Wilder Westen, oder so, kann das sein?" fragte Jonas.

„Spielst du darauf an, dass die sich das nicht gefallen lassen, wenn es denen an die Kohle geht?"

„Jepp! Könnte sein. Könnte aber auch sein, dass die Regierung ihre eigenen Soldaten gegen ihre eigenen Leute einsetzt. Sogar in Deutschland halte ich das nicht für unmöglich!"

Rüdi hatte Tacheles geredet!

„Äh, Moment! Meinst du, die schießen auf ihre eigenen Landsleute? Glaubst du das wirklich? Es könnte ja jemand aus der Verwandtschaft dabei sein, oder?"

Jenny schluckte, nachdem sie das gesagt hatte.

„Keine Ahnung, kann sein, dass sie irgendwelche Drogen bekommen, die sie beeinflussen, keine Ahnung!"

Jonas zuckte beim Reden mit den Achseln.

„Mal hier mal den T. nicht an die Wand, Alter!"

Jenny klopfte ihrem Freund auf die Schulter.

„Hömma, Schnarch, so ham wir abba nich gewettet, woll? Ich bin hier der VT und nich du, hömma. Du malst ja Szenarien anne Wand, da graut et mir schon fast, hömma. Lass uns lieber beten und um Frieden bitten, denn diese Szenarien, hömma sind ja grauenhaft, woll?"

„VT" hatte sich erstmal Luft gemacht.

„Gute Idee, „VT"," sagte Rüdi und legte die Hände aufeinander.

„Geliebter VATER," begann er das Gebet.

„Wir bitten Dich, wenn es Dein Wille ist, dass diese schrecklichen Horrorszenarien, die wir gerade hörten, keine Realität werden dürfen. Die Licht-Engelmacht ist stärker als die Dunkelheit!

VATER, wir kennen Deinen Plan nicht, aber wir sind Deine Kinder und bitten Dich, uns zu helfen, dass wir noch intensiver und gezielter zum einen Mutter Erde helfen können und zum anderen den Menschen hier auf Erden. Danke VATER, wir vertrauen auf Dich, Amen! Amen! Amen! Denn Jesus Christus ist Sieger, Jesus Christus ist Sieger, Jesus Christus ist der Sieger!"

Rüdi fühlte sich gleich besser!

Er war letztens erst von der dunklen Seite massiv mitten in der Nacht angegriffen worden und er hatte nur immer „Jesus Christus ist Sieger" wiederholt und wiederholt, wie eine Art Mantra und dann war er wieder frei von ihnen und man ließ ihn in Ruhe. Deshalb wiederholte er es auch immer nach jedem Gebet dreimal, sozusagen im Namen des Vaters, des Sohnes und des heiligen Geistes.

„Möchtest du jetzt vielleicht channeln?" fragte ihn Jenny.

„Später, jetzt noch nicht," kam die Antwort.

Plötzlich klingelte das Satellitentelefon von Magnus.

„Was, hier ist jetzt Empfang?" staunte Paul.

„Scheinbar, sonst würde es wohl nicht klingeln," sagte Magnus.

Er ging nach dem vierten Läuten an den Apparat.

Da er sah, dass die Nummer aus Deutschland war, sagte er schlicht „Hallo".

„Warte, der Empfang ist schlecht, ich gehe nach draußen," sagte er zu dem Anrufer und verschwand.

Einige Minuten später kam er ganz aufgelöst wieder rein.

„Paula hat angerufen, die kennen Jonas und Rüdi ja. Sie lässt ausrichten, dass noch alles friedlich ist, aber: Martin und Pelle sind im Norden von Norwegen unterwegs. Sie bat uns, sie anzurufen zu versuchen. Sie versucht es auch weiterhin. Vielleicht können sie sich ja zu uns durchschlagen. Martin fährt seine Harley Davidson und Pelle seine Suzuki."

„Wat, mit´m Mopped sind die beiden unterwegs, hömma? Dat is doch viel zu kalt, hömma."

„VT" war ganz entsetzt!

„Wenn wir die erreichen, können sie vielleicht noch die Fähre zu uns rüber bekommen. Morgen Sonntag, dürfte doch noch alles funktionieren, hoffe ich."

Magnus nickte, nachdem er das gesagt hatte.

„Wenn dat nur ma nich´n Eigentor is, hömma. Wat is denn, wenn wir von hier nich mehr wechkommen, wat is denn dann, hömma?"

„VT"´s Frage war nur allzu berechtigt.

„Ich denke, wir sind hier sicherer als auf dem Festland von Norwegen."

Magnus schaute jeden an, als er das sagte.

„Wir können ja abstimmen," sagte Jenny.

„Ok, wer ist für hierbleiben?" fragte Jonas.

Alle sieben hoben den Arm.

„Dann ist das erst einmal beschlossen. Sollte Martin hierher kommen, haben wir Spaß und Stress zugleich. Zum einen ist er ein „Schrauber vor dem Herrn", wie „VT" sagen würde. Er repariert einfach alles, aber: er raucht sich noch die Seele aus dem Leib, wenn der so weitermacht. Und ohne Nikotin kommt der hier schnell auf Entzug."

„Wie meinst du das, Jonas?" fragte Paul.

„Ganz einfach: Wenn sein Zigarettenvorrat verbraucht ist, fühlt er sich wie ein Junkie auf Entzug."

„Raucht der Pelle auch?" fragte Jenny.

„Ich glaube ja, viele Biker haben diese Unsitte…Leider!"

„Pelle ist Däne und spricht ähnlich gut Deutsch wie Magnus. Schau´n wir mal, ob wir die beiden telefonisch erwischen. Vielleicht haben wir mehr Glück als Paula vom Allgäu aus."

Dann bat Jonas Magnus um sein Satellitentelefon.

Magnus nahm den Zettel und tippte die Nummer von Martin ein. Dann gab er Jonas das Telefon.

Jonas ging nach draußen. Dort war der Empfang besser.

Es läutete und läutete.

Jonas wollte schon aufgeben, als er ein „Hallo, wer stört" auf der anderen Leitung hörte.

Jonas berichtete Martin kurz wo sie in etwa sind und das er und Pelle dringend kommen sollten. Alles Weitere vor Ort und nicht am Telefon.

Martin erklärte, dass er nur etwa 50 km von der Fähre entfernt sei.

Sie beschlossen, dass die beiden Biker am morgigen Sonntag die Fähre zu den Lofoten herüber nehmen sollten.

Als Jonas wieder im Blockhaus war, schilderte er, was das Telefonat ergeben hatte.

Alle freuten sich schon auf die morgige Ankunft der beiden Biker.

„Ach, Jonas, hast du ihnen gesagt, dass sie sich mit Tabak noch eindecken sollten…" meinte Jenny spitzfindig.

„In der Tat. Aber Martin sagte, sie hätten für 3 Wochen Räucherwerk, wie er sich ausdrückte."

„Schaun wir mal. Hoffentlich müssen wir nicht so lange hier bleiben," meinte Paul.

„Naja, der nächste Frühling kommt bestimmt," sagte Rüdi mit einem scherzhaften Unterton.

Aber Paul wurde trotzdem weiß wie die Wand danach…

Gegen Mittag fuhren Martin und Pelle auf die Fähre.

„Was gibt's denn so geheimes, dass die das nicht am Telefon sagen wollten," meinte Martin und kratzte sich den Kopf und vermisste bei der Kälte jetzt seine Haare.

„Geheimniskrämerei, wenn du mich fragst..." antwortete Pelle.

„In einigen Stunden sind wir drüben. Gut, das der Wirt der Pension deutsch konnte, so war die Nacht recht gut und das Frühstück hat mir auch gemundet, gell?" sagte Martin.

„Si, Si, Hombre," meinte Pelle und nickte.

Gestern hatten sie einen Teil eines mexikanischen Western im TV gesehen und Pelle äffte gerade Pancho Villa, den mexikanischen Helden des Films, nach.

Als die Fähre endlich anlegte, brannte es den beiden, endlich weiterzukommen.

Martin holte sein Handy heraus und rief Magnus an.

„Servus, Magnus," meldete er sich.

„Wir sind von der Fähre runter, wie geht's jetzt weiter. Es liegt relativ viel Schnee hier. Kommen wir da mit unseren Bikes durch?"

„Nur wenn ihr langsam fahrt," meinte Magnus.

„Fahrt einfach die Strasse, die ihr vor euch seht, immer geradeaus, etwa 5 km. Ich komme euch entgegen und fahre dann voraus und räume sozusagen dann den Weg, ich habe da so meine Möglichkeiten," schmunzelte Magnus.

„Alles paletti, bis gleich," sagte Martin und steckte das Handy ein. Vorsichtshalber ließ er es an und es war auf Vibrationsalarm eingestellt, da er es sonst nicht hören würde beim Fahren.

Er erklärte kurz Pelle was Sache ist und dann fuhren sie langsam los.

Zuerst war es noch leidlich möglich, aber nach 2 km ging es nur noch langsam vorwärts. Beide Männer hatten ihre Füße auf der Erde beim Fahren.

15 Minuten ging es so weiter. Sie schlitterten mehr, als das sie fuhren. Martin überlegte schon, ob sie absteigen und warten, da sahen sie in der Ferne ein Licht. Es war der Jeep von Magnus.

Durch den Allradantrieb und die Schneeketten kam er natürlich wesentlich schneller voran als die beiden Biker.

Etwa zehn Minuten später trafen sie sich.

Es gab eine herzliche Begrüßung.

„Ich fahre voran und mache so gut es geht eine Spur. Versucht in ihr zu fahren. Mal sehen, ob es klappt."

Martin und Pelle nickten.

Das Fahren in der Spur das Jeep war einfacher als vorher, aber es war trotzdem nicht schneller als 25 km/h zu fahren.

Martin und Pelle waren froh, als sie nach etwa 1 Stunde das Blockhaus in dieser menschenleeren Gegend erreicht hatten.

Auch jetzt gab es eine herzliche Umarmung und Begrüßung.

„Kommt erst einmal rein und wärmt euch," sagte Jonas einladend.

„Moment, wir müssen erst unsere Moppeds unterstellen. Gibt's hier etwas?" fragte Martin.

„Theoretisch passen sie in den Schuppen hinten, da dort nur wenig Holz drin liegt."

Magnus lächelte, als er das gesagt hatte.

„Na, das ist ja ein Angebot, was wir kaum ablehnen können, nicht wahr Pelle?"

Der lachte auch und Magnus ging vor, um ihnen den Weg zu ebnen.

Etwa 15 Minuten später saßen sie in der Blockhütte zusammen und besprachen, was sie jetzt tun könnten.

„Warum sollten wir eigentlich zu euch in diese einsame Wildnis kommen, mal abgesehen davon, dass wir uns jetzt wieder gesehen haben?" fragte Martin.

„Die Börse hat gecrasht. Ab Morgen ist alles zappenduster, dann wird es gesagt, dass der größte Börsencrash der Geschichte amtlich ist. Die Banken bleiben zu und die Panik bricht aus. Dank unserer Insiderkontakte, wissen wir schon, was kommen kann."

Jonas hatte das so kurz und knapp erzählt, dass Martin erst einmal die Kinnlade runter fiel.

„Im Ernst?" fragte er leicht skeptisch.

„Ist das 100% sicher?" fragte Pelle jetzt auch.

„Jepp! Leider!" meinte Rüdi.

„Und was machen wir hier jetzt in dieser Einöde?" fragte Martin leicht kopfschüttelnd.

„Überleben und den Menschen helfen." Jenny lachte danach.

„Und wie?" Martin schaute sie dabei an.

„Via Internet, noch haben wir Anschluss und den nutzen wir. Heute haben wir schon angefangen, die Menschen aufzuklären. Tausende Mails wurden verschickt, während ihr auf der Fähre wart."

„Echt, Jenny? Ist das möglich?" Martin staunte immer mehr.

„Klar bei dieser Panik, bei denen, die es schon wissen, setzt das wahrscheinlich das I-Pünktchen drauf!"

Paul´s Formulierung ließ zu wünschen übrig, aber er traf mit seiner Äußerung den Kern.

„Ab jetzt wird in Survival geübt. Wir wissen nicht, wie lange wir hier bleiben müssen, bis sich die Lage normalisiert hat."

Rüdi hatte das so selbstsicher gesagt, dass keiner etwas erwiderte.

„Gut, wir erklären euch kurz, was wir schon wissen," sagte Jonas und nahm die beiden mit ins Hinterzimmer.

„Ich surfe weiter und grase die Foren ab, mal sehen, was es an News gibt."

„Ich Depp!" rief plötzlich Jonas.

„Vor lauter VTs hab ich ja was Wichtiges vergessen. Mal sehen, ob es klappt!"

Dann ging er zu seinem eigenen Laptop.

„Das Ding hat glaub ich ne TV Karte on Board, die ich aber noch nie benutzt habe. Mal sehen, ob wir die zum Laufen bringen."

Martin grinste.

„Lass mich mal. Ich hab da Erfahrung mit. Wenn es geht, läuft das Ding in den nächsten zwei Stunden. Die nötige Software finde ich bestimmt im Netz. Ich brauche nur etwas Ruhe. Gut, dass ihr Solar zum Laden der Akkus habt. Bis gleich." Martin ging ins Nebenzimmer und fing an zu tüfteln.

Es verging eine gute Stunde, in der Magnus surfte und die Gruppe mit den neuesten Nachrichten versorgte. Aber im Prinzip war es so, wie sie es geahnt hatten.

Nur in Insider Foren war der Crash bekannt. An die Öffentlichkeit war noch nichts durchgesickert.

„Bingo!" kam plötzlich Martins Stimme aus dem Nebenraum.

„Brr! Saukalt da drüben! Ich wärme mich kurz auf und dann geh ich draußen eine dampfen. Der Lungenschmacht ruft," sagte er und lachte.

„Löpt dat Ding, hömma?" fragte „VT".

„Ja, wir kriegen etwa 20 Programme rein, dass muss reichen. Und zwei norwegische, die kann Magnus übersetzen, ok?"

Magnus nickte.

„Dann schau doch mal die Nachrichten an. Sie kommen gleich um voll."

„OK, Jonas, machen wir," meinte Martin und schaltete auf einen Nachrichtenkanal.

5 Minuten später waren sie irgendwie gefrustet. Fußballergebnisse, ein schwerer Autobahnunfall, aber nichts Direktes zur Börsensituation.

„Die dürfen nichts sagen, wetten?" meinte Frank.

„Hört, hört!" rief Jenny.

„Das aus deinem Mund, du machst dich."

„Ich bin ja nicht aus Dummsdorf. Nur weil ich nicht alles glaube, sehe ich doch, was da abläuft. Mist, blöder!" schimpfte Frank auf einmal.

„Ruhig Blut, Freunde. Wir managen das schon."

Plötzlich klingelte Magnus´ Satellitentelefon erneut..

Er eilte nach draußen, da dort der Empfang besser war.

Kurz danach kam er verlegen wieder rein und grinste spitzbübig.

„Äh, wir haben Paula vergessen anzurufen, dass Martin und Pelle gut angekommen sind. Sie hatte sich schon ein bisschen Sorgen gemacht. Sie gibt es jetzt weiter, dass die beiden gut angekommen sind."

Rüdi ergriff das Wort:

„Alle Freunde, Bekannten und Eingeweihte, will ich mal sagen, wurden via E-Mail benachrichtigt. Ich sagte jedem, er solle via Suchmaschine nach Survival Tipps im Netz suchen und morgen in aller Herrgottsfrühe einkaufen gehen und noch heute die Geldautomaten leer räumen und soviel Geld wie möglich abholen, bevor es keins mehr morgen gibt. Heute noch volltanken, die Reservekanister füllen und soweit es der Geldbeutel erlaubt, kaufen, kaufen, kaufen! Ich denke, wenn die Banken keine Kohle mehr rausrücken und die Geschäfte nur Bargeld annehmen, wird morgen eine Panik ausbrechen und das weltweit! Da werden wir hier erst einmal Ruhe haben. Der nächste Nachbar, sagte Magnus, ist etwa 3 Kilometer entfernt. Ich denke, hier sind wir erst einmal sicher. Ich werde auch regelmäßig die geistige Welt um Durchgaben bitten. Wichtig ist, weiterhin positiv zu denken und Licht zu senden."

„Es ist so ähnlich gekommen, wie wir es geahnt haben, nur noch schlimmer. Es sprach sich wie ein Lauffeuer rum, steht im Netz, dass die Banken nicht mehr aufmachen. Die Leute haben ihre Jobs im Stich gelassen und sind einkaufen gefahren. Tohuwabohu live, sage ich euch!"

Jonas begrüßte die Freunde mit dieser Botschaft.

„Vor 20 Minuten um acht Uhr ging das Chaos los. Die haben das glatt geheim gehalten. So eine Sauerei!"

Jonas wurde schon wieder wütend!

„Wie habt ihr auf dem harten Boden in euren Schlafsäcken denn geschlafen?" fragte Rüdi die beiden Biker.

„Gewöhnungsbedürftig," meinte Martin und streckte sich in heftiger Lautstärke.

„Entschuldigt, ich muss mal eben ne Stange Wasser abstellen und meine Lungen befriedigen," grinste er, zog seine Stiefel und die Jacke an und trat ins Freie.

Glücklicherweise hatte es nicht wieder geschneit.

Martin schätzte die Temperatur auch etwa Null Grad.

Als er wieder ins Haus geht, war die Aufregung groß!

Im deutschen Privatfernsehen war ein live Bericht zu sehen!

Es werden Leute interviewt, die panikartig antworten!

Dann eine Live Schaltung zu einer großen Bank.

Dort stehen mehrere Polizisten und beschwichtigen die Leute!

Immer wieder Lautsprecherdurchsagen:

„Bewahren sie die Ruhe! Keine Panik! Die Regierung hat alles unter Kontrolle!"

Auch in den Medien, fast auf jedem Sender ist das tägliche TV Programm zusammen gebrochen. Es wird rund um die Uhr von dem Börsencrash berichtet und das die Leute Ruhe bewahren sollen, keine Panik! Die Regierung habe alles unter Kontrolle!

„Einen feuchten Bärenfurz haben die," schimpfte Martin, als er das sah.

„Wie wird es jetzt ablaufen? Was meint ihr?" fragte Jenny in die Runde.

„Ich hatte einen heftigen Alptraum heute Nacht und ich möchte ihn jetzt gerne einmal erzählen. Ich schildere ihn so, wie ich es wahrgenommen habe, ok? Es sitzt mir immer noch wie ein Alp im Nacken und ich bin froh, wenn ich es loslassen kann, Freunde," meinte Martin mit einem ernsten Gesichtsausdruck.

„Es fing alles so an, dass ich überall Schreie hörte von Menschen, die wild und planlos durcheinander liefen.

Schreie wie, „Mein Gott, dass darf doch nicht wahr sein!" waren noch mit das Harmloseste, was ich sah und hörte.

Dann ein Schnitt, wie bei einem Spielfilm. Eine andere Szene wurde eingeblendet:

Ich sah Menschen an Geldautomaten, die verzweifelt versuchten, Geld zu ziehen. Der Automat zog jedoch ohne Vorwarnung die Karte ein und spukte keine Kohle aus. Ein etwa 30 jähriger Mann wurde das zu bunt! Er ging nach draußen, holte einen großen Wackerstein und drosch damit auf den Automaten ein! Es zischte und funkte!

Ein weiterer Schnitt: der Mann hatte vorher auf dem Weg zum Geldautomat erfahren, dass die Banken heute geschlossen blieben. Dann sah ich einen Aufkleber einer Heavy Metal Band auf dem Auto, wo ein satanisches Zeichen zu sehen war. Wieder Rückblende zu dem zerstörten Geldautomat. Der Mann dreht sich um und drischt mit einen Baseballschläger gegen die beiden Überwachungskameras. Jetzt kommt eine Frau herein, wahrscheinlich auch um Geld zu ziehen, sieht den Mann und läuft voller Panik heraus.

Nächste Einblendung: Viele Menschen in einem großen Supermarkt! Ich kann leider nicht sehen, um was für ein Geschäft es sich handelt. Dort sind lange Schlangen an den Kassen! Die Verkäuferinnen sagen immer wieder, dass die Geräte heute nicht funktionieren, um bargeldlos bezahlen zu können, deshalb nähmen sie heute nur Bargeld an.

Großes Geschrei, die Menschen sind aufgebracht!

Eine Frau schreit: Und wie soll ich jetzt einkaufen?

Ein dicker, kräftiger Mann verliert die Nerven und schiebt seinen vollen Einkaufswagen mit Brachialgewalt an den wartenden Menschen in den drei Schlangen an der Kasse vorbei. Niemand traut sich ihn aufzuhalten. Als er fast draußen ist, ruft von der Seite jemand: „Stopp, oder ich schieße!"

Der Mann dreht sich um und schaut einem Polizisten in Zivil in die Augen, der scheinbar auch gerade am einkaufen ist.

Er lacht und schreit, während er den Wagen nach draußen schiebt, „Ich habe Hunger, verstehst du?"

Dann ist er draußen.

Der Polizist hat gezuckt, aber doch nicht geschossen. Vielleicht hat er die Verzweiflungstat verstanden.

Durch den Mut des einen Mannes versuchen jetzt vor allem Jugendliche ihr Glück!

Mit alkoholhaltigen Drinks stürmen sie nach draußen.

Keiner hält sie auf!

Eine ältere Dame, so um die 70, würde ich sagen, zahlt gerade bar ihre Einkäufe und sagt zu der Verkäuferin: „Gell, ich bin wenigstens ehrlich und bezahle, ich habe noch nie betrogen."

Dann schiebt sie ihren Einkaufswagen aus dem Supermarkt.

Andere Szene: Ein riesiges Schild an einer Tankstelle, auf der steht: Heute nur Barzahlung möglich! Keine Kartenzahlung!

Ich wundere mich im Traum noch, wie das riesige Schild da hingekommen ist, da sehe ich schon einen Mann mit einem Galgenvogelgesicht, der am voll tanken ist. Ich höre seine Gedanken: „Pah, was stört mich der Pöbel. Ich schiebe die notfalls mit meinem Panzer zur Seite, wenn die mich aufhalten wollen."

Als er fertig getankt hat, springt er in Windeseile in seinen gepanzerten Jeep und dreht den Schlüssel herum und braust los. Der Tankwart springt heraus und will ihn stoppen, aber er gibt Fersengeld und glücklicherweise kann der gute Mann gerade noch zur Seite springen. Ich weiß noch, wie ich im Traum mit ihm gelitten hatte und froh war, dass dem Tankwart nichts passiert war.

Nächste Szeneneinstellung: In einer Familie läuft der Fernseher. Der Moderator der Sendung interviewt einen Minister, der immer wieder beschwörend die gleichen Sätze sagt: „Bleiben sie ruhig! Verfallen sie nicht in Panik! Die Regierung hat alles unter Kontrolle!" Das Bild schwindet, es ist ein Rauschen zu sehen, ähnlich wie es früher war, wenn nachts „Schnee" auf dem TV Bildschirm war, doch die Sätze des Politikers kommen mehrfach wieder. Ich denke noch, ist das Realität oder träume ich, da wechselt die Szenerie wieder:

Ich sehe, dass es Nacht ist. Alle Straßenbeleuchtungen sind aus. Zwei schwarz maskierte Männer brechen in eine Garage ein und durchforsten sie. Als sie keinen Sprit, aber einen leeren Reservekanister sehen, nehmen sie ihn mit.

Es folgt eine andere Einstellung:

Die beiden maskierten Männer stehen auf einem Parkplatz. Der Eine der beiden liegt unter einem Auto und schneidet irgendwas durch. Es ist wohl die Benzinleitung, denke ich so und der andere zapft den Treibstoff ab.

Wieder eine andere Szenerie:

Der Tauschhandel fängt schon jetzt an zu florieren. Ich sehe Leute, die ich kenne! Zwei reiche Menschen, die immer recht hochnäsig über meine Flohmarkt Aktivitäten gesprochen haben, stehen vor ihrem „Schicki-Micki" Haus und bieten Waren an. Ich sehe eine goldene Uhr! Der Mann, der recht vermögend ist, verlangt Geld dafür, aber eine alte Frau nimmt die Uhr in die Hand und beißt drauf! Der Mann will sie ihr entreißen, doch die Frau ist schneller! Sie bietet ihm 5 Äpfel dafür an. Er protestiert, aber seine Frau, die wohl sehr hungrig ist, sagt ihm, er solle annehmen. Die alte Frau macht ihren Mund auf und man sieht, dass sie kaum noch Zähne hat. Sie nickt und geht das Tauschgeschäft ein.

Es folgt eine weitere Szenerie:

Ein junger Mann betritt ein Geschäft, wo groß draußen dran
steht: NUR LIMITIERTE ABGABE MIT BERECHTIGUNGS-
SCHEIN. Dort stehen etwa 10 Leute brav in einer Schlange
an. Jeder legt eine Marke vor. Das ist so eine Art Rabattschein
oder so was, ich kann es nur aus der Ferne sehen. Der Junge
Mann nimmt 1 Apfel, 3 Kartoffeln, ein Stück Seife und etwa ein
Viertel Stück Brot und stellt sich an. Als er an der Reihe ist,
sagt die Verkäuferin, er könne noch einen halben Liter Milch
bekommen, der wäre noch mit in der Tagesration. Glücklich
holt er die Milch aus dem Regal.

Er geht danach aus dem Laden.

Ich sehe auf der anderen Seite, wie Soldaten Streife gehen.

Neue Szenerie:

Eine Hilfsorganisation gibt Essen an Bedürftige ab. Die
Schlange ist etwa 100 Meter lang, schätze ich.

Es gibt eine dünne Suppe. Ein sehr dicker Mann sagt zu der
Frau, die ausschenkt, dass er von dem Teller dünne Suppe
nicht satt wird und sie reicht ihm einen Kanten Brot dazu.

Er bedankt sich höflich.

Diejenigen, die nach ihm kommen, wollen auch einen Kanten
Brot dazu. Die Frau teilt dieses mit aus, bis es alle ist.

Neue Szenerie:

Eine Familie sitzt frierend in einem Raum. Es ist eine moderne
Wohnung und sie ist mit einer Gasheizung versehen. Doch die
Menschen zittern und man sieht ihren Gesichtern an, dass sie
frieren. Sie haben sich in eine Ecke zusammen gekuschelt.

Ich höre wie der Familienvater entsetzlich darüber klagt, dass das Gas abgestellt wurde und der Strom nur noch dreimal am Tag für 15 Minuten eingeschaltet wird und es auch nicht sicher sei, ob er überhaupt wieder käme, denn die morgendliche Stromration war ausgefallen. Die Menschen trugen dicke Winterjacken, trotzdem froren sie. Wahrscheinlich vom Herzen heraus…

Die nächste Szenerie erfreute mich, weil sie das krasse Gegenteil zeigte.

Ein altes Bauernhaus war zu sehen. Der Schornstein rauchte.

Drinnen war ein altes Mütterchen zu sehen, die vor einem Kaminofen saß, wo genüsslich das Feuer brannte. Es war eine Art Wohnküche, sag ich mal. Etwa 10 Leute waren dort versammelt und gerade ging einer hinaus. Ich folgte ihm im Traum und sah, wie er in den Stadel ging. Dort hing ein großes Bild von Jesus und darunter stand: „Ich bin die Auferstehung und das Leben!"

Der Mann ging weiter in den Stadel hinein und dort stapelten sich locker 20 – 30 Ster Holz, schätzte ich. Einen Bananenkarton füllte er und ging wieder ins Haus. Dann wechselte die Szene und ich sah, wie ein junger Mann, etwa 20 Jahre alt, Vorräte stapelte. Es war ein separater Raum, der so geschickt eingerichtet war, dass dort Konserven, eingeweckte Speisen, Gläser voll Nahrungsmittel, ein großes Regal voll Kartoffeln und viele andere Dinge sich im Überfluss stapelten. Er nahm aus einer Ecke, die nicht beleuchtet war etwas heraus. Jetzt sah ich es! Es war Toilettenpapier! Ich weiß noch, dass ich schmunzelte und irgendwie erleichtert war, jetzt nicht aufs Klo zu müssen…

Nach dieser Szenerie kam wieder die harte Realität zurück. Warum hatte ich gerade eben diese Szene sehen dürfen?

Lag es nur daran, dass diese Menschen wohl Christen waren und vorgesorgt hatten?

Ich sah dann drei Penner, die die Mülleimer nach essbaren Sachen durchsuchten und dabei immer wieder fluchten.

Ich war froh, als die nächste Szenerie einsetzte:

Ich war plötzlich in Amerika. Interessanterweise sprachen in meinem Traum die Menschen alle meine Sprache.

Ein Farmer zielte mit einem Schrotgewehr auf eine Gruppe von Menschen, die sehr verarmt und unterernährt schienen. Sie bettelten um etwas Brot und Wasser und er machte ihnen mit der Flinte zu verstehen, dass sie sich fortscheren sollten.

Da trat einer der Männer aus der Gruppe hervor. Bisher hatte er sich zurückgehalten, doch jetzt sah der Farmer, dass es ein Priester war.

„Im Namen Gottes, erbarme dich, Farmer. Diese Menschen verhungern sonst. Du hast doch genug zu essen. Bitte gebe uns etwas, es sind schwangere Frauen und Kinder dabei," sprach er den Farmer an.

Dieser spukte jedoch nur seinen Kautabak, den er im Mund hatte, vor ihre Füße.

Plötzlich zuckte der Farmer zusammen und sank wie leblos auf den Boden.

Er hatte einen Herzinfarkt erlitten.

Eine Frau sprang auf ihn zu und versuchte ihn zu retten.

Eine andere Frau trat neben sie und fragte: „Warum tust du das?"

„Ich bin eine Christin," sagte die Frau.

„Er war zwar böse, aber wir wissen nicht die Gründe, die ihn dazu gemacht haben."

Die Szenerie wechselte wieder.

Es waren Politiker zu sehen. Ich kannte sie nicht. Sie sahen asiatisch aus.

„Wie lange können wir das „Spiel" noch fortsetzen?" fragte der jüngste in der Runde die anderen Anwesenden.

„Solange, bis genügend weg sind. Um dem Problem der Überbevölkerung Herr zu werden, müssen wir drastische Mittel walten lassen."

Der jüngere schaute den Ältesten an, einen Mann mit weißem Bart.

„Und wenn wir uns dadurch selber schaden? Was ist, wenn nicht genug übrig bleiben, um uns dann zu dienen?" fragte er.

„Menschen sind zäh! Sie hängen am Leben. Sie halten schon noch durch. Mindestens eine Woche."

Mich schauderte es, als ich das sah. Gab es wirklich so etwas Schreckliches?

Die Szenerie wechselte wieder.

Ein riesiges Ufo schwebte über einem Tal. Viele Menschen kamen angelaufen.

„Unsere Retter sind da!" riefen sie.

Dann änderte sich die Szenerie und ich sah die Menschen an Bord eines Ufos.

„Warum sind wir gerettet worden?" fragte einer der Menschen einen großen blonden Außerirdischen.

„Wir retten euch, weil wir euch brauchen. Ein Großteil der Erdbevölkerung ist nicht mehr da. Wir brauchen fähige Führer für den Neuanfang auf eurem Planeten."

Mir war im Traum ganz wirr. Warum sah ich das, was sollte dieses Szenario. Spielte mir hier mein Wunschdenken einen Streich? Wie oft wollte ich schon abgeholt werden, wenn eine Krise käme. War das Schicksal, Realität, Wunschdenken oder doch nur ein Traum?

Mir wurde plötzlich alles offenbart, was ich bisher verdrängt hatte.

Ich sah Menschen mit Raucherbeinen und Lungentumoren.

Eine Krankenschwester sagte zu einem Mann, der dort lag:

„Hätten sie damals der Versuchung von Luzifer widerstanden, lägen sie jetzt nicht hier."

Mich fror es plötzlich und ich fragte im Traum, ob das jetzt Realität oder ein Zukunftshinweis für mich war.

Dann sah ich einen Mann der sich plötzlich vor mich stellte und seinen Hut zog. Darunter war auf der Haut 666 eintätowiert. Ich erschreckte sehr und zuckte mehrmals. An diesem Punkt, wo ich jetzt bin, wurde ich wach und war komplett nass geschwitzt und froh, dass es nur ein Alptraum war. Aber wie ihr seht, kann das Realität werden. Ich hoffe es nicht, aber das werden die nächsten Tage zeigen..."

Martin hatte seinen Traum zu Ende erzählt. Niemand hatte sich getraut, ihn zu unterbrechen oder dazwischen zu quatschen. Alle saßen etwas bedrückt da.

„Gut, schau´n mer mal, was das TV dazu sagt," rappelte sich Paul als Erster hoch.

Im Fernsehen war auf einem dritten Programm plötzlich ein Pfarrer zu sehen.

„Lass mal an, mal sehen, was der zu sagen hat," sagte Jenny.

Der Pfarrer redete wohl schon eine Weile, als die Freunde zuschauten.

„…ich denke, dass das Bargeld, also dieser Euro, der sowieso fast nichts mehr wert ist, in Bälde trotzdem sehr knapp wird. Vielleicht in einigen Tagen sogar wertlos, deshalb deckt euch, liebe Brüder und Schwestern, noch mit lebenswichtigen Dingen ein. Und: ja das muss ich euch auch noch ans Herz legen: In der Bibel stehen dazu einige wunderbare Trostsprüche, denkt nur an den Psalm 23, der Herr ist mein Hirte. Ich habe mir heute die „Johannes Offenbarung" zur Hilfe genommen, um diese Predigt vorzubereiten und da steht es doch Schwarz auf Weiß: Die Endzeit ist da. Deshalb liebe Brüder und Schwestern, rate ich euch, kauft von euren Euros, die ihr noch habt, Dinge zum Überleben! Bald werdet ihr die Euroscheine noch bestenfalls zum Heizen nehmen. Noch gibt es Lebensmittel! Und bleibt in der Not zusammen! Die Familie ist der größte Zusammenhalt. Lasst euch nicht von der Hysterie und Panik der Menschen anstecken. Der Vater im Himmel sorgt für alle seine Schäfchen, die fest im Glauben sind und ihm vertrauen. Lasst euch von der allgemeinen Hysterie nicht anstecken, liebe Brüder und Schwestern. Fangt jetzt schon einmal an, Wasser zu sammeln. Schrubbt eure Badewannen gründlich und lasst sie dann mit Wasser volllaufen. Wer weiß, wie lange dieses kostbare Nass noch zur Verfügung steht. Es kann passieren, dass der Strom stundenweise oder tageweise ausfällt. Besorgt euch Lebensmittel, die auch ohne erhitzt zu werden, gegessen werden können. Und betet immer wieder zum lieben Gott. Er hilft euch und leitet euch, denn „wanderte ich auch durch ein dunkles Tal, dein Stecken und Stab trösten mich." So seid nicht verzagt, liebe Brüder und Schwestern. Sammelt jetzt noch Holz, wenn ihr einen Ofen habt. Legt euch wärmende Decken zu und warme Kleidung. Wer keinen Ofen hat, könnte frieren. Geht in der Dunkelheit nicht mehr auf die Strasse, liebe Schwestern und Brüder. Aber seid stark im Geiste und habt Vertrauen zum himmlischen Vater. Er wird euch erretten! Seht diese Prüfung einfach als Liebesbeweis zum himmlischen Vater an, wie ihn einst auch Abraham hatte, als er seinen Sohn opfern sollte…"

„Jetzt reicht´s!" rief Jonas.

„Das ist ja nicht mehr mit anzuhören! Was ist das denn für ein Pfarrer?"

„Wer weiß, die Wege des Herrn sind oft sonderbar," schmunzelte Rüdi.

„Vielleicht war der nur für bestimmte Leute sichtbar…"

„Hä?" fragte Paul.

„Ach wisst ihr, meine Freunde, Engel haben oft seltsame Wege und Möglichkeiten Menschen zu erreichen. Denn wer Augen hat, der sehe, sage ich nur."

Paul kratzte sich den Kopf.

Er hatte es nicht verstanden.

„Es geht darum, fest im Glauben und Vertrauen an die Kräfte des Lichts zu bleiben. Wenn ich mir vorstelle, was in den Städten los ist, sind wir hier doch gut beschützt und behütet."

Rüdi lächelte leicht, als er das sagte.

„Hömma, Rüdi, abba wat is mit die Meinigen zu Hause, hömma? Wie geht die dat denn da?"

„Sind die fest im Glauben?" fragte Rüdi zurück.

„Dat weiß ich nich, hömma. Ich mein ja nur so, woll?"

„Dann fühlt alle mal in euch hinein, wie es euren Liebsten geht. Sendet ihnen viel Liebe, Vertrauen und Durchhaltekraft, denn alles wird gut, nein besser: Alles ist Gut!"

Rüdi war dabei aufgestanden.

Jetzt schaute er im Kreis und sagte:

„Wir sollten für den Frieden, für die Menschen und für eine göttliche Gerechtigkeit mit baldiger Beendigung des Chaos beten."

Alle nickten und sie falteten der Reihe nach ihre Hände.

„VATER Unser, der Du bist im Himmel, geheiligt werde Dein Name, Dein Reich komme, Dein Wille geschehe, wie im Himmel so auf Erden. Unser täglich Brot gib uns heute und vergib uns unsere Schuld, wie auch wir vergeben unseren Schuldigern und führe uns in der Versuchung und erlöse uns von dem Übel, denn Dein ist das Reich und die Kraft und die Herrlichkeit in Ewigkeit, Amen! Amen! Amen!"

Rüdi wartete einige Sekunden und fuhr dann fort:

„Geliebter VATER, bitte lasse göttliche Gerechtigkeit walten und die Menschen, die reinen Herzens sind und auch alle die, welche fest an Dich glauben, verschonen. Die große Reinigung findet ja schon in den Herzen statt. Wir übergeben Dir Vater, alles was wir haben vor Deine Füße hin, auf dass

Du damit machst, wie Du möchtest. Wir vertrauen Dir und wissen, dass Du uns richtig führst und leitest durch Deine Helfer, die Engel und durch Jesus Christus, als der Du auf Erden gewandelt bist vor 2000 Jahren, um den Menschen zu helfen. Bitte hilf ein weiteres Mal, wie es in der Offenbarung geschrieben steht, nach der Läuterung. Danke, VATER! Jesus Christus ist Sieger! Jesus Christus ist Sieger! Jesus Christus ist der Sieger! Amen! Amen! Amen!"

Rüdi blieb noch entspannt sitzen und atmete durch. Es hatte ihm merklich das Herz erleichtert und den meisten der Freunde auch.

Magnus schaute seine E-Mails durch.

„Holla, mein amerikanischer E-Mail Freund hat sich gemeldet. Soll ich kurz übersetzend vorlesen?" fragte er in die Runde.

Zustimmendes Nicken war die Antwort.

„Ok, ich fang dann mal an zu übersetzen:

Lieber Magnus, ich habe neue beunruhigende Neuigkeiten. Die Geschichte mit dem Amero scheint nicht mehr aktuell oder bestenfalls eine Zwischenlösung zu sein, so wie es aussieht. Die wollen wohl gleich den Globo, die Weltwährung durchboxen, die tripolare Weltwährung. Tripolar deshalb, weil die Hauptsäulen Amerika, Europa und Asien sind. Ich sage dir, Magnus, dass die dunkle Seite schon lange zuvor entschieden hatte, dass sie der Welt eine Weltwährung sozusagen aufoktroyieren, quasi aufzwingen werden und zwar nicht mit Gewalt, sondern dass die Menschen fast schon darum betteln werden, weil es ihnen finanziell immer schlechter und schlechter geht. Du weißt ja Magnus, wenn man das Geld kontrolliert, dann kontrolliert man auch die Länder, ihre Menschen und deren Schicksal ebenfalls in den meisten Fällen. Das Teuflische ist, Magnus, das wenige „Möchtegern Erleuchtete", alles regieren und bestimmen wollen, doch das lässt unser Schöpfer nicht zu, da bin ich mir ganz sicher! Da können die Marionetten in den Zentralbanken der Welt gemeinsam wirken, machen und tun, ob durch geheime Abkommen oder halb legale, das wird meiner Meinung nach nicht bis zur Spitze getrieben. Magnus, du weißt ja, dass die dunkle Seite sich die passende Krisen immer wieder künstlich selbst geschaffen hat und nun diese eine Weltwährung und dadurch ihre offizielle Weltregierung haben möchte, um die Menschen auf dem Erdball zu versklaven. Aber das kommt nicht, Magnus! Es steht schon in der Johannes Offenbarung, dass das Tier zum Endschlag ausholt, aber dann vernichtet wird."

„Amen!" sagte Rüdi.

„So ist es! Ja, so ist es, mein Freund. Jesus Christus ist immer Sieger! Das Licht ist immer stärker als die Dunkelheit!" kommentierte er.

„Mir fällt da gerade etwas ein," meinte Martin.

„Die Amero Münze: Könnte das statt einem Adler nicht ein Phoenix sein? Ich habe mal ein Seminar über Freigeld gehalten und da bin ich auch auf den Phoenix und seine Bedeutung zu sprechen gekommen. Ich finde es hier jetzt ganz passend, deshalb werde ich es kurz erläutern. Also:

Die Phoenizier sind euch ja wohl alle bekannt. Ihr Name leitet sich von Phoenix ab, was meines Wissens nach purpurrot bedeutet, welches sich auf das Rotfärben, einem typischen phoenizischen Handwerk, wohl beziehen soll. Sie lebten in einer Gegend, die im Bereich des heutigen Libanon und etwas von Syrien sein soll. Warum erzähle ich euch das? Nun, weil

Phoenix als Stammvater der Phönizier gilt und auch der Vater von Kadmos und Europa ist. Versteht ihr die Brücke, die ich schlage? Wir leben in Europa. Symbolisch ist also der Phoenix der mythologische Vater der Gegend, in der wir wohnen. Ist doch krass, gell? Und jetzt kommt es noch dicker: Die Phoenizier stammen der Überlieferung nach von den Kanaanitern ab, deren Ursprung in der Region des persischen Golfs war. Deren Kolonie war das berühmte Karthago, was im heutigen Tunesien liegt. Diese Karthager wurden von den Römern Punier genannt. Gehe ich jetzt bis zur biblischen Völkertafel zurück, wird Sidon, der Urvater der Sidonier, als Sohn Kanaans, der der Enkel des berühmten Noah war, bezeichnet. Das steht in der Bibel in Genesis 10,15. Das bedeutet also, dass alle Europäer quasi Nachfahren von Noah sind. Ich reime mir dadurch folgendes zusammen: Laut Überlieferung haben die gigantische Sintflut vor etwa 13.000 Jahren nur wenige Menschen überlebt. Die Erde war sehr leer. Und da der Überlieferung nach, wir, quasi die Nachfahren Noahs sind, haben wir doch einiges zu tun, um die Erde ein weiteres Mal zu beschützen."

„Übertreibst du da nicht a bisserl?" fragte ihn Jonas.

„Ich glaube nicht," sagte Rüdi und machte Handzeichen zu ihm.

„Was bedeutet das?" fragte Jonas.

„Nun, das hat mit Energie zu tun und in einer tiefen Meditation hab ich die Sintflut gesehen und auch: die Arche!"

„So hat es sie doch gegeben?" fragte Paul leicht erregt.

„Aber sicher doch. Sie soll doch angeblich auf dem Berg Ararat gestrandet sein. Habt ihr die verschiedenen Dokus dazu nicht gesehen?" fragte Rüdi in die Runde.

"Nein, leider nicht, war bestimmt interessant, oder?" fragte Pelle.

"Trotz allem: Wir sollten immer ausreichend Wasser trinken, das ist immer wichtig!" Rüdi hatte das erklärt.

Dann ging er nach hinten und holte mehrere Flaschen und neun Gläser und bat im Gebet dem VATER um Segen und Energie für das Wasser.

Bis zum späten Abend verbrachten sie noch mit Diskussionen, Internetrecherchen und wurden zweimal auf dem Satellitentelefon erreicht und der Austausch war so, dass die Freunde im Allgäu die Situation anders sahen, als sie im Fernsehen dargestellt wurde – viel dramatischer!

Die Nacht verlief sehr unruhig.

Besonders Jonas wälzte sich viele Male hin und her und um fünf Uhr war für ihn die Nacht zu Ende.

Er stand auf und schaltete den Laptop an.

Was er da las, verwirrte ihn etwas. In seinem Lieblingsforum stand, dass es schon Anzeichen gäbe, dass ein totaler Zusammenbruch drohe.

Aus gut informierten Kreisen erfuhr die Forenleitung, so las er, dass alles so geplant und durchgezogen werden würde.

„Wir werden sehen, ihr Säcke," murmelte er wütend und klappte den Laptop zu.

„Alter Schwede, was schimpfst du denn schon so früh am Morgen," begrüßte ihn Martin und gähnte dabei.

„Ach die Neuigkeiten…du weißt schon."

„Ich hab Lungenschmacht," meinte Martin.

„Ich geh ne Runde vor die Tür."

Magnus war der dritte der Gruppe der plötzlich in der Tür stand.

„Ich hatte eben im Traum eine Eingebung und dafür brauche ich unsere beiden Kettenraucher."

„Martin ist grad draußen, sich einen Sargnagel rein pfeifen,“ grinste Jonas.

„Na, der kommt bald wieder, dann erlebt er eine Überraschung und holte ein Päckchen Kräuter aus der Tasche, die er mit vorgebracht hatte.

Als Martin wieder ins Haus kam, zeigte er ihm das Päckchen und lächelte ihn an.

„Guten Morgen, heißt das. Wieso kannst du am frühen Morgen schon so unverschämt grinsen?“ maulte ihn Martin liebevoll an.

„Das hier, mein Freund, wird dein Leben und das deines Kumpels Pelle revolutionieren, hoffe ich. Ich bin erst heute Morgen kurz bevor ich wach wurde, darauf gekommen. Ich suchte Freiwillige und ihr seid prädestiniert dafür.“

„Wofür prädestiniert?“ fragte Martin skeptisch.

Magnus packte das Päckchen aus und zum Vorschein kamen fein zerbröselte getrocknete Kräuter.

„Das hier,“ sagte Magnus und zeigte mit den Fingern der rechten Hand darauf,

„sind getrocknete Huflattich- und Waldmeisterblätter schön klein zerbröselt.“

„Ja und?“ fragte Martin.

„Mein Freund, daraus machen wir Tabak für deinen Raucherkumpel und dich. So hast du die Chance aufzuhören mit dem Giftzeug.“

„Und wenn ich gar nicht aufhören will?“ grinste ihn Martin an.

Magnus war erstaunt über die Antwort.

„Hmmh, hab ich mir noch keine Gedanken darüber gemacht."

Martin kratzte sich den fast kahlen Schädel. Dabei verdrehte er seine blauen Augen und der wuchtige Schnauzer vibrierte dabei.

„Rauch doch bitte uns zuliebe diesen Kräutertabak. Da sind nur minimale Nebenwirkungen drin, sagte meine Tante und die hat ein handgeschriebenes, uraltes Buch, das von Generation zu Generation weitergegeben wurde. Dort steht drin, dass Huflattich am besten mit Waldmeister gemischt, der Lunge sogar gut tut und du beim Husten die Gifte lösen kannst und der Körper die Süchte abbauen kann. Laut dem Buch bist du nach 3-6 Monaten frei von den Süchten der herkömmlichen Zigaretten."

„Und du meinst, das klappt?" sagte Martin skeptisch.

„Ich glaube schon."

„Ok, wenn Pelle auch mitmacht, probiere ich es. Aber..."

Er stockte.

„Wenn es mir saudreckig geht, breche ich ab, ok?"

„Angsthase!" schallte aus dem Nachbarzimmer die Stimme von Pelle. Er schien diesen Teil des Gespräches mitbekommen zu haben.

„Ich bin kein Angsthase!" maulte Martin zurück.

„Ok, probieren wir es! Ich will schon lange von dem Teufelszeug loskommen."

Martin murmelte etwas in seinen wuchtigen Schnauzbart, was niemand verstand.

„Einverstanden. Ich mache eine Zeitlang mit."

„Fein, dann schaut mal her..." meinte Magnus und Martin und der jetzt in den Raum gekommene Pelle beugten sich zu ihm herunter.

„Diese Mischung ist schon einige Monate alt. Ich habe etwa eine Kräutertabak Mischung für 3 Monate hergestellt. Ihr könnt sie in eine Pfeife stopfen oder auf die herkömmliche Weise als Zigarette drehen."

Pelle grinste und zog sein Tabakpäckchen heraus. Er entnahm ihm die Blättchen zum selber drehen.

Geschickt schaffte er es, zwei Kräuterzigaretten zu drehen und reichte Martin eine.

„Aber bitte auch diese Dinger draußen rauchen," ertönte Jennys Stimme aus dem Türrahmen.

Auch sie war von der Unterhaltung geweckt worden.

„Selbstverfreilich, Gnädigste," grinste Martin sie an.

„Ok, wir gehen jetzt raus und testen das Kraut."

Pelle stand auf und Martin folgte ihm.

Beiden nahmen ihre Jacken und traten vor die Tür.

„Ob das klappt?" richtete Pelle seine Frage an Magnus.

„Ich hoffe es! In unserem Land haben es viele so geschafft, sagte meine Tante. Übrigens haben viele Hippies früher

Huflattich geraucht, habe ich erfahren. Denn davon wird man nicht süchtig."

Als Martin und Pelle wieder rein kamen, waren alle Freunde schon aufgestanden und sie wurden fragend bestaunt.

„Naja, sehr gewöhnungsbedürftig," murmelte Pelle.

„Das ist aber noch gelinde ausgedrückt, Alter. Das Zeug schmeckt ja zum Schuhe ausziehen, brrr!" sagte Martin.

„So schlimm war es auch wieder nicht," fand Pelle.

Man einigte sich darauf, dass die beiden diesen Tag über die Kräuterzigaretten rauchen würden, wenn ihre Sucht nach einer Zigarette rief.

Als man jedoch über Satellit die TV Nachrichten gesehen hatte, verging ihnen das Lachen schnell...

Das Szenario in Deutschland spielte sich ähnlich ab, wie Martin es geträumt hatte.

„Was machen wir jetzt?" fragte Jenny in die Runde.

Rüdi lächelte plötzlich und hatte eine Eingebung.

„Wir sollten für den Frieden beten und dass sich alles zum Guten wendet. Ich habe gestern Abend noch eine „geistige E-Mail" verschickt, mit der Bitte, dass alle spirituellen Menschen weltweit heute Morgen für den Frieden beten. Mir wurde gerade mitgeteilt, dass mehr als 20 Millionen Menschen es weltweit bisher getan haben oder es noch tun. Wie gesagt, 20 Millionen Menschen seit heute Morgen. Das ist sehr viel, wie ich finde. Lasst uns in diesen Prozess einklinken. Jedes Gebet, das von Herzen kommt, geht automatisch ins Gedächtnis der Erde. Ich kann zu bestimmten Zeiten in sie hinein schauen und eben war wieder so ein Moment! Es war überwältigend schön! Ganz viel Licht und Frieden spürte ich dort! Jede Hass- und Wutenergie war etwa zwei bis dreifach eingehüllt mit Licht! Es tut sich etwas! Der Frieden und die Liebe haben jetzt endgültig die Übermacht auf dem Planeten Erde übernommen. Durch die immense Trauer beim Tod von Lady Di und Mutter Teresa wurde schon ein Großteil des Weltkarmas gelöst. Doch diese Krise hier toppt alles! Die Macht der dunklen Seite ist endgültig gebrochen! Die Menschen halten zusammen und ziehen an einem Strang! Sie wissen instinktiv, dass sie nur gemeinsam stark sind! So wie sich eine Gruppe Rinder, die gemeinsam auf Löwen zu rennen, diese dadurch vertreiben, so schaffen es auch die Menschen jetzt, sich gegen den schier übermächtigen Feind, die dunkle Seite, durchzusetzen. Und das alles ohne Eingreifen von „oben". Keine Szenarios von Außerirdischen, die die Menschen im Notfall „hochbeamen" oder ähnliche Evakuierungsmaßnahmen. Der Mensch darf lernen, dass er alles aus eigener Kraft schaffen kann, wen er es nur will und zusammenhält! Nur gemeinsam sind wir stark! Das ist die größte Angst, den die dunkle Seite immer hatte!

Deshalb beten wir jetzt bitte gemeinsam und klinken uns in den gigantischen Strom von Heilsendungen vieler Millionen Menschen ein.

Der HERR ist mein Hirte, mir wird nichts mangeln. ER weidet mich auf einer grünen Aue und führet mich zum frischen Wasser. ER erquicket meine Seele und führet mich auf rechter Straße, um seines Namens willen. Und ob ich schon wanderte im finsteren Tal, fürchte ich kein Unglück; denn Du bist bei mir, Dein Stecken und Stab trösten mich. Du bereitest vor mir einen Tisch im Angesicht meiner Feinde. Du salbest mein Haupt mit Öl und schenkest mir voll ein. Gutes und Barmherzigkeit werden mir folgen mein Leben lang, und ich werde bleiben im Hause des HERRN immerdar. Amen, Amen, Amen.

Denn Jesus Christus ist Sieger, Jesus Christus ist Sieger, Jesus Christus ist der Sieger!"

Rüdi beendete sein Gebet und war hocherfreut, das Psalm 23 so bekannt war und von einigen mitgesprochen wurde.

„Jeder wird jetzt mit seinem Schicksal konfrontiert werden und dass, was ein jeder gesät hat, wird jetzt geerntet werden, das ist das Resonanzgesetz," ergänzte Rüdi.

„Diese Botschaft soll ich euch noch mit auf den Weg geben."

Dann schaute er alle in der Runde an.

„Wie lange wir hier unseren Survival Urlaub noch genießen, kann ich euch nicht sagen, aber zu einem bestimmten Tag werden wir wieder heim ins Allgäu fahren und dann wird nichts mehr so sein, wie es mal war."

„Möge der Frieden und die Liebe sich tief in den Herzen der Menschen verankern und ihnen eine Brücke zur Liebe Gottes sein."

Alle schauten Jenny überrascht an.

„Das hatte ich gerade in den Kopf bekommen," lächelte sie.

„Ein gutes Zeichen! Du empfängst jetzt auch geistige Botschaften," lächelte Rüdi, als er das sagte.

„Genießen wir den Urlaub, verbreiten positive Gedanken und werden wieder wie die Kinder!" sprach Magnus.

„OK, lasst uns eine Schneeballschlacht machen," grinste Martin.

E N D E